suhrkamp taschenbuch 3027

Peter Bichsel hat seine Geschichten aus dem Alltag und über den Alltag mit Bedacht zu einer eigenen Kunstform entwickelt. Seine Kolumnen sind inzwischen berühmt: *Im Gegenteil* sammelt, nach *Geschichten zur falschen Zeit* (st 2872) und *Irgendwo anderswo* (st 2932), die Tages-Geschichten von 1986 bis 1990.

Der Bestand an festen fragwürdigen Meinungen, die Sachzwänge und altehrwürdigen Hüte sind in dieser Zeit nicht weniger geworden. Das Nachdenken darüber trifft sich bei Bichsel mit der Lust am Unterscheiden. Siegreiche Weihnachtsfeste und andere Feste, die schon im voraus mißlingen, Buddhas Küchenuhr oder auch die Seele eines Kalifen, bewaffnete Kindergärtler und der Glaube, daß legal Handeln und moralisch Handeln dasselbe sei: so höflich der Ton, so böse der Punkt, den Peter Bichsel mit seinen Fragen setzt. Ärger damit hat er genug und täglich wieder.

»Ich bin ein Feuilletonist«, sagt Peter Bichsel über Peter Bichsel, »und ich gehe auch die politischen Probleme schreibend und poetisch an. Ein Schriftsteller ist immer ein Risiko für den Staat und die bestehende Gesellschaft. Aber mehr noch sind die Leser ein Risiko. Man wird nicht durch das Lesen staatstreu, das wird man nur durch Nicht-Lesen.«

Peter Bichsel, geboren 1935 in Luzern, lebt in Solothurn. Sein Werk erscheint im Suhrkamp Verlag und ist ab Seite 139 dieses Bandes verzeichnet.

Peter Bichsel
Im Gegenteil

Kolumnen
1986-1990

Suhrkamp

Die Originalausgabe erschien 1990
im Luchterhand Literaturverlag, Frankfurt am Main
(Sammlung Luchterhand 920)
Umschlagfoto: Ernst Haas/Tony Stone

suhrkamp taschenbuch 3027
Erste Auflage 1999
Suhrkamp Taschenbuch Verlag

Satz: MZ-Verlagsdruckerei GmbH, Memmingen
Druck: Nomos Verlagsgesellschaft, Baden-Baden
Printed in Germany
Umschlag nach Entwürfen von
Willy Fleckhaus und Rolf Staudt

1 2 3 4 5 6 – 04 03 02 01 00 99

Kolumnen
1986-1990

Furcht vor den eigenen Geschichten

Der Wunsch nach guten Nachrichten ist ein alter Wunsch, und der Vorwurf an Radio und Fernsehen, daß sie immer nur das Negative melden, ist nicht nur alt, sondern auch unrichtig. Nur, die gute Nachricht ist in der Regel ebenso »ungut« wie die schlechte. Es gibt ja auch Zeitschriften, die das versuchen, das Positive, allerdings geht es dann in der Regel nicht über die Fürstenhochzeit hinaus.

Der Wunsch nach der guten Nachricht gleicht dem Wunsch nach der schlechten zu sehr, es ist der Wunsch nach Ausgefallenem, und die Erfüllung wird so oder so plötzlich schal und öd. Die Sensationen, die wir hören, auf die wir süchtig sind, haben mit Leben wenig oder nichts zu tun. Sportereignisse sind hergestellte Ereignisse, also eigentlich gar keine oder eben künstliche Ereignisse. Sie ergeben weder gute noch schlechte Nachrichten, sondern nur Ersatznachrichten. Wir organisieren im Sport so etwas wie Scheinleben, als hätten wir sonst nicht Leben genug. Immerhin, ich habe auch fast nichts dagegen, liefern Sportereignisse wenigstens Gesprächsstoff für jene in der Beiz, die sonst sprachlos wären, und Sprechen ist vielleicht besser als Schweigen.

Unser Mangel an Geschichten fördert das Herstellen von künstlichen Ereignissen. Die Massenmedien zum Beispiel sind ein geschichtenhungriger Moloch; nach und nach hat er die ganze Welt ausgelaugt. Es gibt keine Geschichten mehr, es sind alle erzählt, also erfindet man Geschichten, die man gar nicht mehr erzählen muß, die immer dieselben sind, mit immer derselben Pointe: Skirennen zum Beispiel.

Dabei bleiben dann die Geschichten, die dem Leben gleichen könnten, auf der Strecke. Was man nicht erzählen kann, das ist langweilig, wird als langweilig empfunden – halt ebenso langweilig wie unser Leben. Wir können – so scheint mir – mehr und mehr das eigene Leben nicht mehr erzählen, und kaum mehr einer erzählt deshalb von sich. Wer es trotzdem tut, der ist ein Schwätzer: man meidet seinen Tisch, man mag nicht dauernd hören, was er vor einer Stunde, vor zwei Stunden oder gestern an Alltäglichkeiten erlebt hat. Wer nicht vom Skirennen, vom Flugzeugabsturz, von der Fürstenhochzeit redet, sondern von sich selbst, der ist dann ein Langweiler.

Wir können nicht mehr erzählen, weil unser Leben nicht mehr erzählenswert ist, wir erleben unser Leben nicht mehr als Ereignis. Und gleichzeitig erleben wir Ereignisse, die überhaupt keine sind, und es wird viele Menschen geben, die das Leben eines Skirennfahrers als lebenswerter empfinden als ihr eigenes, nämlich als erzählenswerter.

Wenn der Skirennfahrer nach dem Rennen »erzählt«, dann erzählt er eigentlich fast nichts. Sein Sieg oder seine Niederlage: das ist die ganze Geschichte. Sie hat einen Inhalt, der fast keiner ist, und eine Pointe, die fast keine ist. Letztlich ist nur noch seine Prominenz – daß man ihn kennt oder daß er viel verdient – so etwas Ähnliches wie eine Geschichte.

Um mich nicht auszunehmen: ich höre mir die Interviews der Skirennfahrer auch an. Ich schaue mir die Rennen gelegentlich auch an, ich lese die Resultate in der Zeitung. Das heißt dann wohl, daß ich mich auch langweile und daß auch mir die Geschichten abhanden gekommen sind.

Es muß seine Gründe haben, daß wir für Ersatzgeschichten Millionen ausgeben und mitunter auch richtige Bettelaktionen dafür veranstalten, als handle es sich um Wohltätigkeit. Oder ist es vielleicht nur so, daß wir uns fürchten vor unseren eigenen Geschichten?

Der Lehrling, der zu spät kam

Ein Lehrling verschläft sich am Morgen. Er kommt also zwei Stunden zu spät zur Arbeit. Sein Lehrmeister begrüßt ihn freundlich, klopft ihm auf die Schulter und gratuliert ihm zu seinem Mut, doch noch zu kommen und es nicht so zu machen wie all die anderen, die anrufen und sagen, sie seien krank.

Eine offensichtlich unwahre Geschichte, denn selbstverständlich ruft auch dieser Lehrling an und behauptet, er sei krank. Er weiß ja, daß zu spät kommen wesentlich mehr Schwierigkeiten macht als gar nicht kommen. Es wäre zwar mutig und tapfer, wenn er trotzdem noch ginge, und dem Lehrmeister wäre damit mehr geholfen als mit einer mehrtägigen Absenz, denn selbstverständlich kommt der Lehrling am anderen Tag auch nicht, denn er möchte ja nicht den Eindruck erwecken, daß er nicht richtig krank gewesen war. Es kann sein, daß sich der Lehrling ein zweites Mal verschläft und dann ein drittes Mal und daß er nach und nach annehmen muß, daß man ihm jetzt nicht mehr glaubt.

Nun ist ihm sein Lehrmeister ohnehin nicht besonders lieb, und seine Lehrzeit liegt ihm auch nicht so sehr, und schließlich ist er selber jemand und hat keine Lust mehr, sich mit den anderen rumzuschlagen, und nachdem er fürchtet, daß diesmal an seinem Willen oder sogar an seinem guten Willen gezweifelt werden könnte, beschließt er, überhaupt nicht mehr zu gehen. Er gibt seine Lehre auf. Das ist zwar die untapferste Lösung, aber auch die einfachste.

Nun kommt er in andere Schwierigkeiten. Sein Vater und sein Bruder verstehen ihn nicht, reden auf ihn ein, versuchen ihn zu überreden. Der Lehrling hat nach Argumenten zu suchen: wer zu spät oder nicht mehr kommt, der braucht Argumente.

Also zweifelt er erst einmal an der Qualität der Lehrstelle. Auch was er vor Wochen noch gelobt hat, ist jetzt nichts mehr wert. Dann zweifelt er daran, ob diese Ausbildung ihm etwas bringe. Dann spricht er von sich selbst und daß er auch jemand sei und sich nicht zerstören lasse, und wenn es zum Streit darüber kommt, dann fällt bestimmt der Satz: »Habe ich das nötig?«

Ein Satz, der sich – was zwar selten ist – darauf beziehen könnte, daß der Lehrling reich und bereits erfolgreich ist und in der Gesellschaft sehr angesehen, und schon sind wir in einer anderen Geschichte – in der Geschichte von einem Land, das zu spät kam. Und weil es in einem Land verschiedene Leute gibt, gibt es auch verschiedene Meinungen. Die einen plädieren dafür, doch noch rechtzeitig zu gehen, und die anderen plädieren dafür, sich sozusagen »krank« zu melden und abzuwarten, und die dritten beginnen an der UNO zu zweifeln und tun so, als wäre es besser gewesen, wir hätten sie nie gehabt. Man braucht jetzt Argumente hinterher. Es muß doch jetzt Gründe geben, daß man bis jetzt nicht dabei war. Und einfach hinzugehen und zu sagen: »Entschuldigung, wir haben uns ein bißchen verschlafen, wir sind ein bißchen spät, aber wir haben uns gedacht, daß ihr uns doch noch brauchen könnt« – einfach hinzugehen und das zu sagen, dazu braucht es vielleicht doch etwas Mut. Mehr Mut als zum Satz: »Haben wir das nötig?«

Der Vater aber sagt zu seinem Sohn einen Satz, der dem Sohn überhaupt nicht einleuchten will. Der Vater sagt: »Die anderen gehn auch in die Lehre.«

Und da sagt der Sohn: »Das ist mir Wurst, ich bin anders als die anderen.«

Und da hätte er auch noch sagen können, ich bin reicher als die anderen, neutraler als die anderen, anständiger als die anderen, hilfsbereiter als die anderen.

Das glauben wir zwar nicht, aber wenn man gar nicht mehr kommt, dann braucht man Argumente.

Die Geschichte des Bruders

Ich treffe einen Mann, und eigentlich nur, um ein Gesprächsthema zu finden, erkundige ich mich nach seinem Bruder. Ich weiß, daß es diesem Bruder nicht gut geht – oder besser: daß er nicht gut tut, er ist ein völlig verkommener Landstreicher.

Nun beginnt der Mann von seinem Bruder zu erzählen: daß er immer sehr intelligent gewesen sei und ein liebenswerter Mensch. Er erzählt, wie er ihn kürzlich getroffen habe, irgendwo in einer Stadt auf einer Parkbank, und alles, was er erzählt, klingt freundlich. Er mag seinen Bruder und erzählt mir das Leben seines Bruders: sie wohnten über einer Wirtschaft, und ab und zu wurde die Mutter in die Wirtschaft gerufen, weil ihr ein Gast »etwas bezahlen« wolle. Die Kinder hätten gewußt, was das bedeutet hätte. Der Vater wollte das nicht, begann zu trinken, und eines Tages wurden die Kinder von der Schule weg abgeholt und ins Waisenhaus gebracht. Sie durften nicht einmal mehr zu Hause ihre Sachen holen. Ja, das sei schwer gewesen.

Aber er erzählt diese Geschichte als die Geschichte seines Bruders. Er weiß, warum sein Bruder jetzt so ist. Er versteht seinen Bruder. Dabei ist dessen Jugend auch seine Jugend. Auch er hatte es nicht nur leicht im Leben, aber er hat immer gearbeitet, hatte eine Familie und ist ein seriöser Mann, obwohl er Grund genug hätte, über sein eigenes Leben zu klagen. Er ist gebrechlich seit einem Unfall. Er hat seine Frau früh verloren, die Kinder selbst aufgezogen. Er hütet heute noch eine erwachsene Tochter, die seine Hilfe nötig hat. Er muß knapp durch, und er arbeitet immer noch mehr, als seine Gebrechlichkeit zulassen würde.

Ich höre seine Geschichte und sage ab und zu »grauenhaft«, »schrecklich«, »fürchterlich«. Er bestätigt diese Wörter nicht, und wie ich sage, das muß ja hart gewesen sein im Waisenhaus, da sagt er: »Nein, wir hatten es sehr schön dort.« Ich höre keine einzige Klage von ihm, vor allem nicht die Klage darüber, daß es anderen bessergehe, daß es mir bessergehe. Und ich höre keinen Stolz darüber, daß er sein Leben besser bestanden hätte als sein Bruder.

Journalisten sind gewohnt, Schuldige zu finden und Schuld zu verteilen. Nur Schuldige und Schuld machen Geschichten in der Zeitung erzählenswert. Aber in diesem Fall gibt es keine Klage, also auch keine Schuld, und deshalb geht mir die Geschichte seit Wochen nicht mehr aus dem Kopf. Ich bin es gewohnt, Schuldige und Schuld zu suchen. Ich merke erst an dieser Geschichte, wie sehr ich das gewohnt bin.

Wenn zum Beispiel der Leiter des Waisenhauses ein brutaler Mann gewesen wäre, dann wäre da wenigstens ein Schuldiger. Oder wenn der Bruder mit dem Bruder prozessiert hätte, dann wäre da wenigstens ein Recht.

Ich kann mit einer Geschichte von Unschuldigen offensichtlich nicht umgehen – vielleicht deshalb, weil ich mich davor fürchte, daß wir die Schuldigen wären, wenn es keine namentlichen Schuldigen gibt, daß zum Beispiel ich dann der Schuldige wäre. Aber solche Gedankengänge kennt mein Mann nicht. Er bezieht sein Leben nicht nur auf sich selbst, sondern auch auf seinen Bruder.

Fußballweltmeisterschaft

Ich habe es geschafft – zum mindesten vorläufig –, auf die Fußballweltmeisterschaften zu verzichten. Dabei gefällt mir Fußball, aber ich habe noch kein einziges Weltmeisterschaftsspiel gesehen, fast ein Zufall, ich vergesse ganz einfach, den Fernseher einzuschalten. Würde ich es tun, ich würde wohl beim langweiligsten Spiel hängenbleiben und am nächsten Tag das nächste sehen müssen. Verzicht ist etwas Gutes. Auf was man auch immer verzichtet, man gewinnt dabei ein paar Stunden zum Leben, außer man investiert sie in etwas anderes. Dann sind sie auch wieder verloren.

Ich habe mir vorgenommen, Zeit zu gewinnen durch Verzicht auf Interesse. Ich bin sozusagen ausgestiegen aus einer Welt, die gegenwärtig durch Fußball besetzt ist, durch Fußball, der mich ansonsten interessiert. Ich bin unserer Nationalmannschaft von Herzen dankbar, daß sie mir die Freiheit gewährt, nicht dabeisein zu müssen.

So weit, so gut – nur befinde ich mich jetzt in einer Ecke, in die ich nicht gern gehöre: in der Ecke jener, die mit strahlenden Augen verkünden »Wir haben kein Fernsehen«. Ich erschrecke immer, wenn ich das höre. Es klingt nach Moral, und es riecht wie Sauberkeit und Kernseife, es duftet nach Atmen in der freien Natur.

Ich komme mir immer ein bißchen schäbig vor, wenn der andere verkündet, kein Fernsehen zu haben. Mir bleibt dann in meiner Schäbigkeit nur Trotz: Ich habe Fernsehen, und ich will Fernsehen haben. Ich will wissen, von was im Bus gesprochen wird am Morgen, ich will mich an den Gesprächen in der Beiz beteiligen können. Der Blödsinn, mit dem sich die Leute beschäftigen, soll auch mein Blödsinn sein. Ich kann nicht immer nur nicht dazugehören, und würden sie in der Beiz von Goethes »Wahlverwandtschaften« sprechen, mir wäre das unangenehm.

Ich muß wissen, mit was sich die Welt beschäftigt, wenn ich mich mit der Welt beschäftigen will.

Trotzdem, ich empfinde meinen Verzicht auf Fußball als beglückende Freiheit. Ich nehme an, daß andere den ganzen Tag das letzte und das nächste Spiel im Kopf haben – mein Kopf ist entsprechend leer, endlich mal kein Gedränge.

Nun fällt mir aber etwas auf, was mich wiederum fast erschreckt: Ich sehe nicht nur nicht Fußball, sondern ich höre auch plötzlich nirgends davon sprechen. Würde ich von meiner eigenen Beobachtung ausgehen, ich bekäme den Eindruck, daß es gar kein Interesse für die Weltmeisterschaften gibt. Ja, ich stelle subjektiv fest, was objektiv gar nicht stimmt, nämlich daß auch in den Zeitungen fast nichts darüber geschrieben wird. Und das kann ja nun wirklich nicht wahr sein.

Mein Mangel an Interesse läßt mich auch das Interesse der anderen nicht mehr erkennen. Ich bin nicht mehr beteiligt, ich gehöre nicht mehr dazu, und ich bekomme auch kaum mehr was zu hören. Mein Radio läuft zwar, und da kommen auch Berichte über die Weltmeisterschaft, aber sie sind nicht mehr für mich bestimmt, sie erreichen mich nicht mehr. Ich gebe zu, ich weiß heute, daß das Spiel Italien-Argentinien unentschieden 1:1 ausgegangen ist. Ich stelle mir vor, daß die Italiener in Blau spielten, auf grünem Rasen, ich stelle mir sogar vor, wie einer in einem wunderbaren Bogenschuß den Ball von links hereingibt, mehr nicht.

Kürzlich sagte ein Ignorant in der Beiz: »Tschernobyl – hört doch auf damit! Das interessiert doch niemanden, und radioaktive Strahlung ist Blödsinn.«

Sein Desinteresse läßt ihn nicht mehr erkennen, daß es andere interessiert, daß es überhaupt existiert.

War das jetzt alles

Ein Betrunkener dreht durch. Er flucht auf alles und auf alle. Er findet alles nutzlos, blödsinnig. Er stellt Fragen und überschreit die Antworten. Er fragt nach dem Positiven und will negative Antworten. Wenn man ihm nicht antwortet, dann sagt er triumphierend: »Jetzt wißt ihr aber nichts mehr«, und wenn man ihm antwortet, dann hört er nicht zu.

Das Leben gelingt ihm nicht so ganz, nun macht er den anderen Vorwürfe, daß ihnen das Leben nicht gelinge. Er schreit über Reagan, er schreit über Atombomben. Er findet uns alle das Allerletzte.

Dann fällt ihm ein Stichwort ein: »Radioaktivität«, und er findet Radioaktivität auch Blödsinn. »Da könnt ihr mir alle, da glaube ich auch nicht dran. Gibt mir doch keiner an, daß die bis hierher kommt. Und diesen Wein trink ich, was auch immer drin ist. Das ist mir doch völlig Wurst, ob da ›Atom‹ drin ist, und wenn es sämtliche Atomkraftwerke in die Luft jagt, dann ist mir das auch Wurst.«

Am Tisch sitzen einige, die in Gösgen demonstriert haben. Die werden jetzt auch beschimpft.

Eigentlich ist es ein Zufall, daß die Rede – seine Schreirede – darauf kam. Krebs interessiere ihn auch nicht, sagt er.

Die Versuche der Runde, beruhigend zu erklären, werden langsam aufgegeben. Er selbst weiß, daß er nicht im Recht sein kann – auch das ist ihm Wurst, es gibt jetzt jedenfalls vorläufig kein Zurück mehr.

Er wird stiller und noch etwas betrunkener, und dann kommt aus seiner Stille der Satz: »War das jetzt alles?«

Der Satz steht nicht im Zusammenhang mit unserem Gesprächsversuch. Der Satz steht in keinem Zusammenhang. Er steht nur an einem Ende.

Nein, nicht Tschernobyl hat ihn kaputtgemacht, nicht die Angst, nicht die Verhältnisse, nur das Leben. Er ist noch sehr jung, aber doch schon so alt, er weiß, das Leben, wie er es jetzt hat, wird wohl für immer sein Leben sein. »Das ist jetzt alles«, hätte er auch sagen können.

Er haßt jene, die Atombombentests machen. Er haßt jene, die Atomwerke bauen. Er haßt jene, die gegen Atomwerke demonstrieren. Er will nichts werden. Er hat nur beschlossen, ein wenig zu arbeiten und ein wenig zu leben. Nun funktioniert das nicht. Das hätten ihm alle schon vor seinem Beschluß sagen können. Sein Verhalten ist ärgerlich. Da sitzen ein paar Leute und möchten gemütlich zusammen etwas trinken und plaudern, und da schreit einer ohne Wörter. Ich habe die Runde sehr schnell verlassen.

Auf dem Weg nach Hause ist mir ein anderer eingefallen. Der wurde am Radio eine Stunde lang über Atomtechnik befragt. Er war und ist der einzige, dessen Namen man kennt in unserem Land und in diesem Zusammenhang. Daß er von Tschernobyl zu sprechen hat, ist kein Zufall. Bei meinem Betrunkenen war das zufällig.

Aber der Mann am Radio, der hatte Wörter, und kein einziges Wort war laut. Den provokativen Fragen des Interviewers begegnete er mit ruhiger Höflichkeit. Für ihn hat sich nichts geändert. Seine Sicherheit, daß sich auch nichts ändern wird, ist so etwas wie Zynismus. Er kennt die Welt, kennt sein Fach, er hat Stil und Kultur und stellt seine Intelligenz durch Emotionslosigkeit dar. Wer schreit, der ist im Unrecht. Von Gefahren spricht man sanft. Das hat alles Stil.

Dann fällt das Wort »Akzeptanz«. Nur darum geht es jetzt. Und mir fällt auf, daß der Mann absolut von seinem verbalen Talent überzeugt ist. Er ist durch und durch furchtlos, weil er reden kann. Sein verbales Talent war wohl auch seine Karriere. Eines Tages wird die Frage »War das jetzt alles?« auch auf seinem Gesicht stehen.

Mein Betrunkener ist kein verbales Talent.

Die fromme Seele ahnt

Ein deutscher Journalist will eine Reportage über ein schweizerisches Thema machen. Er besucht mich Ende Juli und hat einige Fragen, nicht etwa Interviewfragen, sondern er möchte wissen, wo und wie er überhaupt mit seinen Recherchen beginnen solle. Er fragt nach Staat und Kantonen, nach Parlament und Referenden, nach unserer Armee selbstverständlich, und dann fragt er, was das eigentlich sei, diese Bundesfeier am 1. August, ob es sich lohne, da hinzugehen, ob das zu seinem Thema etwas beitragen könne.

Bis zu dieser Frage konnte ich ihm wohl ein bißchen helfen, mit mehrspurigen Antworten allerdings: Was ich dazu sagen würde, was andere dazu sagen würden. Die Frage aber nach der Bundesfeier weiß ich nicht zu beantworten.

Er fragt: »Ist sie den Schweizern wichtig?« Er will wissen, was denn da so geschehe an einer Bundesfeier, und ich spüre plötzlich eine Art Verweigerung in mir. Ich kann ihm das und ich will ihm das nicht erklären. Ich müßte, so scheint mir, in mehrere Rollen schlüpfen und ihm die Feier aus mehreren Perspektiven schildern – auch aus der Perspektive eines hohen Offiziers zum Beispiel. Wenn ich das nicht täte, dann würde ich etwas unterschlagen.

Ich müßte versuchen, ihm das alles zu erklären ohne jeden Zynismus, ohne die Erwähnung – vorerst –, daß die Bundesfeier längst ein beliebtes Thema fürs Kabarett ist, ohne zu erwähnen, daß so ganz ernst diese Bundesfeier doch eigentlich niemand nimmt. Ich kann ihm nur sagen, er müsse unbedingt hingehen – wenn möglich in eine kleine Gemeinde mit einem einfachen, konservativen Sprecher.

Und ich schicke ihn eigentlich auch da nicht gern hin. Ich weiß, zu was ich ihn schicken will, zu einer fast lächerlichen pathetischen Vaterlandsfeier – ein bißchen Verrat ist das schon.

Denn eines kann ich ihm nicht erklären: daß auch der härteste Antipatriot wohl doch in sich etwas spürt, wenn er ein Lampion mit Schweizerkreuz sieht, wenn er das Feuer sieht, wenn er den Männerchor hört. Letztlich ist es doch eine Feier, die trotz Raketen und dröhnenden Ansprachen fast keine ist, kein Quatorze Juillet, ein Fest, das immer ein bißchen mißlingt.

Ich weiß nicht, ob der Journalist irgendwo war am 1. August. Ich habe ihn seither nicht mehr gesehen. Ich aber habe die Nationalhymne mitgesungen, etwas laut, nicht ganz im Ernst und etwas verschämt und ohne mich dem Text zu verpflichten, wenn auch die fromme Seele halt dann doch ein bißchen was ahnt. Ich habe einen Freund besucht, der seit vierzig Jahren die Bundesfeieransprache in der kleinen Gemeinde hält, wo er wohnt und wo man ihn kennt und schätzt. Er ist ein weltberühmter Mann, und große Städte würden sich geehrt fühlen, ihn als Sprecher zu haben.

Aber die Rede, die er hier hält, die könnte er wohl nirgends so halten.

Der Gemeindepräsident begrüßt die Leute – keine Menschenmenge. Er tut das ohne Scham vor dem berühmten Mitbürger. Und der Mitbürger spricht nicht anders als der Gemeindepräsident. Er hält keine Rede, sondern er spricht mit den Anwesenden in einem privaten Ton, ohne Pathos, ohne gesuchte Formulierungen. Er ist einer, der noch über dieses Land sprechen kann, so wie man über das Wetter spricht, über Hunde, über irgend etwas. Die Schweiz ist für ihn noch ein Thema, also kann man darüber plaudern. Zum Schluß seiner stillen Rede sagt er: »Versuchen wir doch, dieses Land ein bißchen zu lieben und unseren Nachbarn ein bißchen zu lieben!«

Der Mann, der hier spricht, heißt J. R. von Salis. Er hatte mit diesem Land in einer Zeit voller Pathos zu tun, und er hat mit diesem Land heute noch zu tun, und er hat immer gesagt, was er denkt, und ist dabei leise geblieben.

Ich konnte diesmal die Landeshymne fast mit Überzeugung singen und fast etwas zu laut.

Erzählen fotografieren

Die Frage des Fotografen, ob ich etwas gegen das Fotografieren habe, überrascht mich.

»Sie mögen wohl Fotos überhaupt nicht?«

Das habe ich mir nun wirklich noch nie überlegt, ob man die mögen muß, ob es nicht genügt, sie anzuschauen.

»Nein«, sage ich, »ich habe nichts gegen Fotografie – im Gegenteil, ich interessiere mich sogar dafür, besitze auch Fotobände bekannter Fotografen und weiß ihre Qualitäten zu schätzen.«

Er umkreist mich mit seiner Kamera. Er bittet mich, irgend etwas zu tun ohne Rücksicht auf ihn. Ich versuche, zu lesen in dem Buch, in dem ich eben gelesen habe, bevor er kam, und ich stelle beim Lesen fest, daß ich gar nicht lese, sondern nur einen Lesenden darstelle, daß ich schon zum dritten Mal denselben Satz lese, ohne ihn aufzunehmen.

»Sie mögen also Fotografie nicht«, behauptet er, geht dabei in die Knie, steht wieder auf, kümmert sich nicht um meine Antwort, die ihm zudem noch zu knapp ist.

»Doch, doch«, sage ich.

»Erklären Sie mal, warum«, sagt er.

Ich mag nicht, ich mag jetzt endgültig nicht mehr.

»Oder machen wir es so«, sagt er, »Sie erzählen mir etwas, irgend etwas, Sie sind ja Schriftsteller, Sie wissen bestimmt eine Geschichte.«

Ich weigere mich. Ich kann nicht jemandem etwas erzählen, nur damit erzählt ist. Ich kann nicht jemandem etwas erzählen, der nicht zuhören wird, sondern nur zuschauen, wie ich erzähle.

Ich spüre Unmut in mir aufsteigen. Er beleidigt mich mit seiner verdammten Kunst. Er will etwas fotografieren, das man nicht fotografieren kann: er will Erzählen fotografieren – was für eine Gemeinheit. Ich presse meine Lippen zusammen. Meinen Kopf kann er haben, meinen schweigenden Kopf. Ich werde mich da hinstellen und da hinstellen, wie er es will, ich werde auch den Kopf etwas drehen. Aber meine Natur kriegt er nicht, kein natürliches Lächeln, nichts.

Denn inzwischen ist es soweit: ich mag Fotografie nicht, ich mag sie wirklich und endgültig nicht. Ich habe mich entschlossen, nur noch das zu mögen, was drauf ist, oder es nicht zu mögen oder erschreckt zu sein. Aber von dieser Kunst, die Natur herstellen will, natürliches Erzählen zum Beispiel und natürliches Lächeln und natürliches Denken: von dieser Kunst will ich nichts mehr wissen.

Im übrigen, sein Verdacht, daß ich Fotografie nicht mag, ist offensichtlich berechtigt. Ich hatte nie die geringste Lust zu fotografieren, und als ich es mal versuchte – und zwar versuchte, sehr schöne Fotos zu machen –, da war ein ganzer Tag in New York kaputt. Ich begann Bilder zu suchen und Ausschnitte, und ich sah plötzlich Dinge, die ich vorher nie sah, und ich lebte plötzlich nicht mehr, sondern ich schaute nur noch. Der eine Sinn machte mir alle anderen Sinne kaputt. Ich hatte nur einmal auf einer langen Reise eine Kamera mit. Das sind sehr schöne Fotos geworden. Sie erinnern mich an fast nichts, weil es nur Bilder sind – nur die Bilder von einer Reise. Ich erinnere mich nicht einmal mehr daran, die Szenen gesehn zu haben, die ich fotografierte. Meine Kamera sah etwas anderes als ich.

Zudem überlistet sie mein Gedächtnis, das mir sehr gehört und das mich sehr ausmacht und das mitunter ganz andere Dinge speichert als andere Gedächtnisse. Die Kamera füllt die Löcher meines Gedächtnisses – und genau diese speziellen Löcher machen mein spezielles Gedächtnis aus. Durch sie fällt, was ihm nicht als wichtig erscheint.

Es muß seine Gründe haben, daß es bilderfeindliche Kulturen gab. Ich verstehe das dann, wenn einer Erzählen fotografieren will, Erzählen anschauen will, ohne zuzuhören.

Einberufung zur Armee

Ein junger Mann bekommt eines Tages völlig unerwartet die Einberufung zum Militär. Am Nachmittag kriegt er den Marschbefehl, und am anderen Tag um zehn hat er dort zu sein, von einem Tag auf den anderen. Er sitzt eben an einer wichtigen Arbeit, die für sein weiteres Leben bestimmend sein kann, er wird mitten aus dieser Arbeit herausgerissen. Zudem wird in den nächsten Wochen seine Freundin, mit der er lange zusammengelebt hat, wegreisen, eine schmerzliche Trennung, die jetzt nicht mehr stattfinden wird, denn als Soldat lebt man von der ganzen Umwelt abgeschlossen für Wochen und Monate und länger. Kein Telefon, keine Briefe, kein Urlaub.

So etwas gibt es doch nicht in der Schweiz, so etwas darf es doch in der Schweiz nicht geben.

Nein, wirklich nicht, so etwas gibt es in der Schweiz nicht. Aber das ändert nichts am Schicksal des jungen Mannes in Südkorea.

Die Schweiz hat damit auch nichts zu tun, gar nichts, und auch Amnesty hat damit nichts zu tun, und es handelt sich auch nicht um Gefangenschaft, und die Leiden des jungen Mannes sind legale, selbstverständliche Leiden, die Tausende von anderen auch treffen. Seine Leiden werden nirgends in der Geschichte der Welt vermerkt sein. Niemand wird sich darum kümmern, und wohl auch niemand hat das Recht, sich darum zu kümmern.

Und das ist eigentlich schon alles. Ich wollte es nur aufschreiben, weil es mich trifft und beschäftigt und weil wir in dieser Welt der großen Leiden nie mehr Zeit haben werden für kleinere. Wer nicht gleich verstümmelt wird, der hat keine Chance, daß uns seine Leiden kümmern.

Südkorea ist ein freundliches Land, hat freundliche Menschen, ich hatte dort eine schöne Zeit, und wenn man nur schaut und nicht dauernd fragt und fragt, dann nimmt man kaum etwas anderes wahr als ein schönes, sauberes Land. Die Schweiz gilt dort viel. Man weiß vom Wilhelm Tell und von unseren Bergen und von unserer Demokratie, und man nennt es Paradies. Es gibt eine Art Schwingen (ein Schweizer Volkssport) in Südkorea, und dic Koreaner wissen, daß es bei uns auch so etwas gibt. Es gibt einige tausend Jodler in Südkorea – nicht etwa Auslandschweizer, sondern richtige Koreaner, die so jodeln wollen wie die Schweizer. Die Landschaft gleicht unserer, und es gibt auch Edelweiße in Korea. Die Schweiz ist eine Idealvorstellung für die Koreaner und für viele auch eine Hoffnung – die Hoffnung zum Beispiel, daß es so etwas wie Demokratie auf der Welt gibt.

Also hat man nichts anderes zu tun als den Koreanern zu sagen, daß in der Schweiz die Dinge gleich seien. Im südkoreanischen Fernsehen sieht man Filme über den Schweizer Zivilschutz. Vom Kommentar habe ich nur so viel verstanden, daß er pathetisch war, sehr pathetisch. Und man wird dort, was selbst in Europa selten ist, nach der Schweizer Armee gefragt. Und die Schweizer Armee kriegt ab und zu Besuch von koreanischen Generalen, von sehr freundlichen, nehme ich an. Das macht sich doch gut, wenn man die Demokratie besucht und die Jodler und die Edelweiße. Das sieht so aus, wie wenn wir gleich wären.

Das wollen wir aber nicht. Niemand will das in der Schweiz. Aber das Feindbild ist halt wohl doch dasselbe, und die Vorstellung vom kleinen bedrohten Land führt halt auch zu einer ähnlichen Verteidigungsvorstellung. Es gibt so Freundschaften, die ausschließlich durch gemeinsame Feinde, gemeinsame Feindbilder entstehen. Das sind immer schlechte Freundschaften, aber hie und da sind sie nicht zu verhindern. Da hat niemand Schuld daran. Aber der Schweizer Zivilschutzfilm in Südkorea hat mich schon eigenartig berührt. Und auch die Vorstellung, daß mein junger Koreaner in seiner militärischen Klausur wohl auch von der Schweizer Armee erzählt bekommt.

Von Korea erzählen

Ich sitze im Flugzeug zwischen Seoul und Zürich: ein langer Flug, ich war weit weg. Ich freue mich darauf, anzukommen. In meinem Gepäck sind Geschenke, ich werde damit Freude machen. Ein kleines bißchen aber fürchte ich mich schon – jedesmal – zurückzukommen. Trotzdem freue ich mich darauf, erzählen zu können. Ich habe Geschichten in meinem Kopf. Ich habe auch viel erzählt in Südkorea. Ich bin tagsüber rumgegangen und habe abends erzählt, was ich gesehen habe. Ich habe es den Koreanern erzählt und jenen Europäern, die schon lange in Südkorea leben. Ich habe ihnen Dinge erzählt, die sie bereits wußten und auch besser wußten als ich. Ich habe Hangul gelernt, die Schrift der Koreaner – nicht etwa ihre Sprache, nur die Schrift. Ich konnte lesen, ohne zu verstehen. Ich ging in Seoul herum und habe alles gelesen wie ein Erstkläßler, und ich habe die Koreaner mit meinem Lesen überrascht.

Davon, so glaubte ich im Flugzeug, werde ich erzählen können.

Als ich in Zürich ankam, waren die Geschichten weg. »Wie war es in Korea?« – »Es war schön.« – »Und die Politik?« – »Ja, schwierig – schrecklich.« Ich stand da und schaute zu, wie mir die Geschichten entfielen. Auch meine Geschenke verloren an Glanz. In Korea waren es noch Geschenke mit Geschichten. Da hätte es zu jedem einzelnen noch viel zu erzählen gegeben. Und jetzt stand ich da ohne Geschichten – und nur mit der Freude des Wiedersehens.

Letztlich bleibt man halt Schweizer, und dann ist man halt bloß zurück. Das ist auch etwas.

Zu Hause finde ich einen Brief eines Freundes. Er hat zufällig in einer Buchhandlung meinen Aufsatz »Des Schweizers Schweiz« gefunden und zum erstenmal gelesen. In Südkorea mußte ich Fragen dazu beantworten, es gibt dieses Buch auf koreanisch. Ich fand das mutig vom koreanischen Verlag, diesen Aufsatz in einer Diktatur erscheinen zu lassen. Immerhin könnten Leute dort feststellen, daß man anderswo gegenüber dem Staat kritisch sein darf.

Ich habe das Buch wieder gelesen und festgestellt, daß niemand in Südkorea irgendwas feststellen wird. Es ist nutzlos, das Buch auf koreanisch zu drucken. Es ist nur ein Buch für die Schweiz – und nutzlos wohl auch.

Mein Freund machte mich auf einen Satz aufmerksam: »Diese Selbstgerechtigkeit macht die Schweiz unveränderbar, und ich erschrecke beim Gedanken, in zwanzig Jahren in einer Schweiz leben zu müssen, die aussieht wie diese.«

Ich erschrecke noch einmal: mein Schrecken, daß alles unveränderbar bleibt, ist derselbe geblieben. Ich erschrecke immer noch davor, daß die Schweiz in zwanzig Jahren aussehen wird wie heute. Aber ich habe diesen Satz vor fast zwanzig Jahren geschrieben. Und jetzt bin ich wieder einmal zurückgekehrt.

Durch den Brief meines Freundes ist es so etwas geworden wie die Rückkehr nach zwanzig Jahren. Das ist es wohl, was einem die Geschichten nimmt.

Eine Journalistin in Südkorea hat mich gefragt, ob ich glaube, daß das Abendland untergehen werde. Ich weiß nicht mehr, was ich ihr geantwortet habe. Die Frage hat mich getroffen. Das Wort Abendland auch.

Wenn niemandem nichts mehr einfällt – dann wird es wohl schon untergehen. Aber Südkorea ist ein Land, das nur eine Sehnsucht kennt: Abendland sein, Amerika sein, Europa sein. Und es hat mich – wie alles, was ich auf der

Welt gesehen habe – immer wieder an die Schweiz erinnert. Es wäre zu belegen, die Begeisterung für die Schweiz dort ist oft fast peinlich. Aber eben: ich kann nur Koreanern von Korea erzählen, und ich kann nur Schweizern von der Schweiz erzählen.

Noch einmal zwanzig Jahre – vielleicht.

Die Welt beschreiben

Einige Leute kommen von einer Kunstausstellung. Ich wäre auch gern dort gewesen, hatte aber etwas anderes zu tun. Auf meine Frage nach der Ausstellung beginnt einer – ein guter Erzähler – zu beschreiben: »Also, da lag so Eisen am Boden, und dann war da so eine Pyramide aus Glas, und –«. Seine Begleiter beginnen zu lachen. Warum? Sie haben das Kunstwerk selbst gesehen und wissen, daß es nicht beschreibbar ist. Das Wort »so« – »so Eisen« – bringt sie zum Lachen. Das Wort signalisiert die Unbeschreibbarkeit. Kunsthistoriker signalisieren die Unbeschreibbarkeit anders, etwa so: »Stets bedeuten die leuchtenden Farben mit ihrem Rhythmus und ihrem graphischen Ausdruck der Ankündigung einer künstlerischen Botschaft, motivisch zwar verschieden, doch identisch in ihrer tiefen und subjektiv bildlichen Wahrheit.«

Mir scheint »so Eisen« und »so Glas« kommt der Sache näher.

Warum schreibe ich das? Mir ist wieder einmal drei Tage lang nichts eingefallen für diese Kolumne. Das ist sehr hart und blockiert einem das Hirn, plötzlich geht nichts mehr, plötzlich ist nichts mehr beschreibbar.

Die Leute stellen sich vor, daß ein Autor sich ein bißchen umsieht, alles genau anschaut und dann beschreibt. Wer selber schreibt, der weiß, daß das nicht so ist. Aber wenn mir nichts einfällt, dann bleibt mir wohl nichts anderes übrig als herumzugehen und zu schauen.

Ich sehe eine Eisenbahn, die über eine Brücke fährt. Soll ich jetzt beschreiben, daß sie Räder hat und wie viele? Das ist nämlich gar nicht so leicht, eine Eisenbahn zu bauen und fahren zu lassen. Da sind Schicksale und Ärger und menschliche Nöte damit verbunden. Sie muß beschrieben werden, bevor sie fährt. Aber nicht von einem Autor, sondern von Technikern und Politikern.

Also vielleicht Menschen beschreiben, Menschen mit ihren Nöten und Sorgen. Beim Bier treffe ich Menschen, sie reden die ganze Zeit davon, daß einer mit einem BMW zwei Pferde über den Haufen gefahren habe und daß eine Reiterin verletzt sei. Sie diskutieren darüber, sehr heftig. Das heißt, sie glauben, daß sie diskutieren. Im Grunde genommen wiederholen sie nur dauernd entsetzt die Geschichte, sie erzählen sich dauernd dieselbe Geschichte. Sie haben sie nicht erlebt, sondern gelesen – in einer Zeitung, die Geschichten anbietet, Geschichten, die erzählt werden müssen.

Die Heftigkeit, mit der sie die Geschichte erzählen, läßt darauf schließen, daß sie viel persönlichere Sorgen mit dieser Welt und diesem Leben haben. Ihre Heftigkeit meint etwas ganz anderes und viel mehr als nur den Ärger über einen BMW-Fahrer. Die Zeitung, die sie täglich lesen, liefert ihnen die Geschichten, in die sie die Heftigkeit ihres persönlichen Elends verpacken können – denn beschreibbar ist es nicht. Erzählen ist auch hier ein Ersatz für das Sprechen. Sie erzählen vom Fußball und glauben, daß sie beschreiben – selbst beschreiben, so wie sie es gesehen haben am Fernsehen. Aber was sie erzählen, das wurde ihnen bereits vorerzählt. Deshalb ist Fußball so wichtig, weil er Geschichten liefert, in die man seine eigene Sprachlosigkeit verpacken kann.

Deshalb fanden die Ausstellungsbesucher den Beschreiber so lustig – weil er versuchte zu beschreiben, was nicht beschreibbar ist. Deshalb ist die Sprache der Juristen so unverständlich, weil sie beschreibt und nicht erzählt.

Deshalb war mein Hirn drei Tage lang blockiert, weil ich Welt beschreiben wollte.

Die Welt läßt sich nicht durch Herumgehen und Anschauen einfach beschreiben. Wäre sie so beschreibbar, sie wäre längst vollständig beschrieben, und es gäbe keine Schreiber mehr. Weil sie so einfach nicht beschreibbar ist, schreiben die Schreiber weiter.

Wäre mir das vor drei Tagen schon eingefallen, ich hätte hier erzählt.

Der Rucksackbauer und die Inder

Wer Unabhängigkeit sagt, der meint immer auch Freiheit. Die Hoffnung, das Versprechen, heißt Freiheit, und wer in Abhängigkeit lebt, der stellt sich schnell vor, daß Unabhängigkeit dasselbe sein könnte wie Freiheit. Unabhängigkeit ist die Voraussetzung, Freiheit die Erfüllung. Aber die beiden Begriffe bedingen sich nicht gegenseitig. Es gibt viele unabhängige Staaten, die unfrei sind, und es gibt viel Unfreiheit auf der Welt im Namen der Unabhängigkeit.

Die Militärs in aller Welt sprechen gern davon, daß sie die Freiheit verteidigen. Das klingt gut und leuchtet leider immer wieder schnell ein, aber mit Freiheit kann Militär nichts zu tun haben, und was es verteidigen kann oder erkämpfen, ist höchstens die staatliche Unabhängigkeit. Diese Unabhängigkeit kann zwar eine Voraussetzung für Freiheit sein, aber sie schafft keine Freiheit.

Die beiden Begriffe haben fast nur zufällig etwas miteinander zu tun, und ihre Verwechslung ist die Ursache von viel Elend in dieser Welt.

Ein Lokalhistoriker aus dem Baselland hat mir mal vor vielen Jahren erzählt, daß er sich mit der Verschuldung von Bauerngütlein in seiner Gegend befaßt habe – also mit jenen Bauern, die man als Rucksackbauern bezeichnet und die noch in der Fabrik arbeiten müssen, um einigermaßen durchzukommen und ihr verschuldetes »Heimetli« durchzubringen. Jener Historiker hat diese Verschuldung bei einem »Heimetli« bis ins Mittelalter nachweisen können. Die effektive Schuld blieb über die ganze Zeit dieselbe und war nichts anderes als jene Summe, mit der sich ein Vorfahre des Bauern aus der Leibeigenschaft losgekauft hatte. Aus der Leibeigenschaft ist eine Bankschuld geworden.

Ich stelle mir vor, wie sich jener Vorfahre gefreut hatte, als er endlich seine Menschenwürde bekam, selbständig war, kein Sklave mehr, kein Untertan, sondern ein Verantwortlicher. Sollte er das Wort damals schon gekannt haben, er hätte von seiner Freiheit gesprochen. Und er war jetzt auch frei. Seine Abhängigkeit war nicht mehr selbstverständlich, sondern nur noch zufällig. Die Zufälligkeit seiner Armut machte ihn jetzt abhängig. Wenn wir bei den Begriffen »Freiheit« und »Unabhängigkeit« bleiben wollen: er hatte jetzt seine Freiheit, aber seine Abhängigkeit machte ihn zum unfreien Menschen. Seine Nachkommen achteten seine Würde und lebten Jahrhunderte in bitterster Armut, nur um das Symbol seiner »Freiheit«, sein Haus und Heim nicht aufgeben zu müssen.

Als ich vor 25 Jahren mein erstes Auto kaufte, sagte ein Freund, der schon so etwas hatte: »Du wirst jetzt dann auch die süße Illusion der Unabhängigkeit verspüren, und wenn du dann merkst, daß es nur eine Illusion war, dann wirst du auch wissen, daß du die Freiheit, kein Auto zu besitzen, nie mehr zurückbekommst.«

Er hatte recht. Diese Freiheit bekomme ich nicht einmal

mehr zurück mit dem Verzicht auf mein Auto. Ich war mit meinem Kauf damals daran beteiligt, daß alle eins haben. Ob mit Auto oder ohne – ich lebe in einer Welt von Autos.

Zwei andere Freunde damals – beide Romantiker, beide in ihrer tiefsten Seele sehr anarchische Menschen, beide auch Architekten – machten sich dauernd Pläne für die totale Unabhängigkeit. Sie wollten so etwas wie einen Staat gründen für eine oder zwei Personen. Sie wollten zum Beispiel keine staatlichen Formulare mehr ausfüllen müssen. Das Wort ihrer Hoffnung hieß Selbstversorgung: Windräder und Sodbrunnen. Ihre Fantasien waren wunderbar und meine Einwände ärgerlich. Das Wort »Aussteiger« gab es damals noch nicht, und von Alternativen sprach niemand. Sie wollten weder nach Südamerika noch nach Indien. Sie stellten sich das alles irgendwo hier im Schweizer Wald vor.

Inzwischen aber schwärmen andere von Welten der Freiheit: Irland, Südamerika, Zentralamerika. Für viele junge Menschen heißt die große Hoffnung und Sehnsucht Indien. Ich habe zwar Verständnis für ihre persönliche, innere Sehnsucht, sie sprechen wiederum von Unabhängigkeit und Freiheit. Aber die Länder ihrer Sehnsucht sind Länder von bitterster Armut, von Hunger und Krankheiten, von Leiden und Tod. Es liegt ein bitterer Zynismus darin, daß sich Länder der totalen Armut so schön eignen zur Erholung von satten Europäern.

Von Unabhängigkeit sprechen sie, die jungen Indienfahrer. Sie kommen zwar meist sehr bald wieder zurück. Sie sagen, daß sie es hier kaum mehr aushalten – aber sie sind nicht dort geblieben – trotzdem, sie sprechen von Unabhängigkeit. Was zwingt sie denn, die ersehnte und angeblich gefundene Unabhängigkeit wieder zu verlassen? Sind es vielleicht nicht doch Abhängigkeiten, die man einfach nicht sehen, sich nicht eingestehen will? Hunger ist eine Abhängigkeit, Armut ist Abhängigkeit.

Indien ist ein abhängiger Staat. Aber er ist stolz darauf,

mit Recht stolz darauf, seit vierzig Jahren unabhängig zu sein, unabhängig von England, unabhängig von Europa: ein souveräner, stolzer Staat. Keiner unserer Indienreisenden meint dieses, wenn er »Unabhängigkeit« sagt. Das ist beleidigend für jene Inder, die vor vierzig und mehr Jahren ihre Hoffnung in der staatlichen Unabhängigkeit hatten.

Sie hatten ein Recht auf diese Hoffnung, es war richtig, daß sie in ihre Unabhängigkeit – wie das so eigenartig heißt – entlassen wurden.

Als der Vorfahre des kleinen Basler Bauern aus der Würdelosigkeit, aus der Leibeigenschaft entlassen wurde, da hatte man ihn einfach in andere Abhängigkeiten verkauft, und dann haben sich die Herren wohl auch schadenfreudig gefragt, ob er es jetzt wohl besser habe.

Er hatte es nicht besser. Er war nicht unabhängig. Aber er hatte nun eine Hoffnung auf Freiheit, durfte in der Hoffnung auf Freiheit leben.

Noch vor fünfzig Jahren war sie klein, diese Freiheit, für seine armen Nachkommen. Vielleicht geht es ihnen besser jetzt, den heutigen Nachkommen, vielleicht. Vielleicht wissen sie jetzt, daß nur die Freiheit aller anderen ihre eigene Freiheit bedeuten kann.

Damals, als ich noch hörte

»Spielst du noch ein bißchen Schreibmaschine, damit wir dich hören vor dem Einschlafen«, sagten meine Kinder einmal, nachdem ich sie zu Bett gebracht und nachdem sie alle Tricks versucht hatten – Geschichten erzählen, Fragen stellen –, um noch nicht schlafen zu müssen.

Ich habe die fürchterliche Angewohnheit, das Radio laufen zu lassen vor dem Einschlafen – unabhängig davon, was da läuft. Am liebsten aber höre ich Gesprochenes, und da wiederum unabhängig davon, ob ich die Sprache verstehe oder nicht. Es darf auch Japanisch sein, einfach menschliche Stimmen. Offensichtlich gibt es so etwas wie eine Hörsucht, und offensichtlich kann eine Sucht nicht brutal genug befriedigt werden; Radio ist jedenfalls eine brutale Form der Hörbefriedigung.

Aber ich gehe erst schlafen, nachdem die Welt der Töne verstummt ist. Nur in ganz seltenen Fällen wird es so spät oder so früh, daß schon einige Vögel zwitschern. Dann brauche ich kein Radio. Und dann erinnere ich mich an eine Zeit, als ich immer zu früh – noch bei Tageslicht – ins Bett mußte, ungern und unter Protest.

Ich erinnere mich auch an die Stimme meiner Mutter, an die Stimme meines Vaters im Garten, an ihre Schritte auf dem Kiesweg. Ich erinnere mich an das Geräusch der Handsäge, mit der ein Nachbar sein Holz zersägte. Er spielte Säge, hätten meine Kinder gesagt – so wie ich für sie Schreibmaschine spielte. Und die Holzstücke fielen in immer gleichen Abständen zu Boden und klangen. Buchenholz klang besser als Tanne, und dann das Geräusch der Hagschere, mit der ein Thujahag gestutzt wurde. Und am Donnerstag übte vorn in der Kirche der Posaunenchor des Blauen Kreuzes: immer nur ein paar Töne und dann immer wieder dieselben und dann eine lange Pause mit Erklärungen des Dirigenten wohl, die ich nicht hörte. Hätten sie wirklich gespielt, im Sommer bei offenem Fenster, die Musik hätte mir mein Hören verdorben. Aber immer nur ein paar Töne zwischen dem Fallen der Holzstücke und dem Klappen der Hagschere und den Schritten der Mutter im Gartenkies: das war schön.

Einschlafen und das Leben im Ohr haben. Es ist ein Zufall, daß es mir überhaupt noch eingefallen ist, daß ich mich überhaupt noch erinnere. Mir scheint, ich habe jenes feine Gehör, das alles als Musik hören konnte, längst verloren –

ein Tauber, der sich daran erinnert, einmal gehört zu haben. Ich habe wohl als Kind viel mehr an dieser Welt teilgenommen als heute, ich habe die Welt erfahren.

Ich meine nicht Nostalgie. Ich meine nicht, daß die Welt zu laut geworden ist und Holz nicht mehr von Hand gesägt und der Hag nicht mehr mit der Handschere geschnitten wird. Ich meine nur Hören und bin überzeugt, daß es ein Kind heute so gut kann wie wir damals. Erst später wird man so schwerhörig, daß man die Geräusche nicht mehr verträgt, und Bauern werden wegen Kuhglocken auf Nachtruhestörung verklagt. Wer nicht hören kann, der erträgt das Hören auch nicht.

Im Hotel wird mir immer wieder ein ruhiges Zimmer angeboten. Alle Menschen wollen selbstverständlich ein ruhiges Zimmer. Ich will ein lautes mit Fenster auf die Straße, mit Autos und mit Menschen und mit dem scheußlichen Lied eines Betrunkenen. Und wenn ich das sage, dann nimmt das der Portier als Scherz und sagt daß ich zufrieden sein werde – ein absolut ruhiges Zimmer. Es ist sehr schwer, ein lautes zu bekommen, eines mit Tönen, eines, wo man ein bißchen Leben in den Ohren hat beim Einschlafen und nicht gleich stirbt.

Das Kind der Schülerin

Es ist so etwas wie eine Binsenwahrheit: Ein Kind macht wunderschöne Zeichnungen mit Elefanten und Drachen und Palmen, und die Erwachsenen staunen und stellen fest: »In der Schule wird dann das alles kaputtgemacht.«

Der Vorwurf mag berechtigt sein, Beispiele dafür gibt es genug. Aber gerecht ist der Vorwurf wohl doch nicht, denn sicher will man, daß das Kind lesen lernt und schreiben lernt, und hie und da hat halt auch Bildung ihren Preis.

Vor einiger Zeit habe ich eine ehemalige Schülerin getroffen, mit ihrem Mann und mit ihrem kleinen Kind. Es war ein wunderbares Kind, lebendig und wach, seine großen Augen nahmen alles wahr, es fragte und kommentierte und erklärte, und wenn es etwas nicht wollte, dann war sein Nein noch viel sanfter als das Ja eines Erwachsenen. Mir ging durch den Kopf, daß aus diesem Kind etwas wird. Es muß sehr gute Eltern haben, die sich mit ihrem Kind abgeben, mit ihm sprechen, mit ihm leben. Und es hat stolze Eltern, die sich darüber freuen, daß alle sich freuen über ihr wunderbares Kind.

Seine Mutter war eine ausgesprochen stille Schülerin gewesen, sehr schüchtern und zurückhaltend und auch keine gute Schülerin. Ich habe jetzt den Eindruck, ich hätte sie als Kind nie so strahlen sehen, wie sie jetzt strahlt als Mutter.

In ihrer Mutterrolle ist sie annähernd so alt wie ihre Mutter, als die junge Frau noch Schülerin war. Ihre Mutter machte damals einen sehr verängstigten Eindruck, wenn sie zur Elternsprechstunde kam. Sie fürchtete sich vor einem schlechten Bericht über ihr Kind. Sie fürchtete sich davor, der Lehrer könnte Schlüsse ziehen über sie selbst, über ihren Mann, über Familie und Erziehung. Ich mußte sie jedesmal trösten und aufmuntern, wenn ihr Kind in einem Wettbewerb keine Siegerin war.

Nun hat es diese verfluchte Schule offensichtlich hinter sich, ist eine glückliche Mutter geworden, hat ein wunderbares, richtig gescheites Kind, und ihre Hoffnungen sind berechtigt. Aber sie erinnert mich an ihre eigene Mutter, und ich stelle mir vor, wie sie in zwei, drei Jahren selbst zur Elternsprechstunde muß, in jenes Schulhaus, in dem sie selbst nicht sehr erfolgreich war. Sie wird ihr Kind dort abgeben müssen, einreihen lassen müssen. Ob die beiden das so zufrieden überstehen werden, wie sie jetzt ihr Leben zusammen leben?

ı habe den Eindruck, daß es wirklich das eigene Kind das die Mutter ans Leben herangeführt hat. Sie lacht , :t und spricht mit den Leuten, sie hat jetzt auch eine Meinung, sie freut sich über die sanft trotzigen Neins ihres Kindes. Und mir fällt ein, daß sie es in drei Jahren abgeben muß in einen Wettbewerb, der wiederum der ihre sein wird. Sie wird dafür sorgen müssen, daß sie sich nicht wieder schämen muß, sie wird dafür sorgen müssen, daß das Kind den Nachbarn gefällt. Und sie wird auf das Kind einreden müssen, wenn sie zurückkommt von der Elternsprechstunde. Sie wird es jedesmal sehr schwer haben, wenn sie zur Elternsprechstunde muß. Sie wird dem Kind Vorwürfe machen müssen, weil es ihr schwerfällt zu gehen.

Noch hat sie das beste Kind der Welt, noch ist sie die beste Mutter der Welt. Ich bin bereit, das zu bestätigen, und es freut mich. Warum darf das nur so kurze Zeit so sein?

Warten in Amerika

In Amerika fahren die Autos anders als in amerikanischen Filmen, und mancher Europäer mag durch amerikanische Filme zur Raserei und zu Wahnsinnsfahrten angeregt worden sein. Der amerikanische Film, das weiß man zwar, bildet selten Wirklichkeit ab, trotzdem, die Europäer nehmen es doch immer wieder als die Wirklichkeit und eifern dem Trugbild nach.

Autofahren hier in Amerika ist fast gemütlich. Wer das Grünlicht verpaßt, ist kein Vollidiot, die anderen warten halt und haben Zeit. Keiner tippt an die Stirn, keiner schreit, und wer falsch abbiegt, der biegt halt falsch ab. Es gibt zwar gräßliche Autorennen mit provozierten Unfällen im Fernsehen, es gibt viel Aggression im Fernsehen. Auf der

Straße gibt es das kaum. Nur im amerikanischen Film kann man sehen, wie sich zwei Autofahrer beschimpfen und aufeinander losgehen.

Wir halten die Amerikaner für naiv – aber in dieser Sache sind wir die Naiven, sind wir diejenigen, die den Film glauben.

Ich habe keine Ahnung, weshalb Auto fahren in Amerika so unaggressiv und fast gemütlich ist. Vielleicht ist es nur ein Zufall, vielleicht ist es ganz gewöhnliche Anständigkeit oder Freundlichkeit, vielleicht sind die Amerikaner gar nicht die Kindsköpfe, für die wir sie halten. Eines aber fällt mir auf, nicht nur beim Autofahren, sondern überall im Alltag. Wenn sich hier einer anders verhält als die anderen – bei Grün nicht fährt, sich anders kleidet, lauter ist als andere oder leiser –, dann nehmen die anderen von vornherein an, daß er dafür wohl Gründe hat, irgendwelche persönlichen oder zufälligen Gründe. Man weiß hier offensichtlich, daß der Mensch sein Verhalten nicht ganz allein bestimmt. Wer anders ist, der ist noch lange kein Vollidiot.

Das ist mir vor 15 Jahren hier noch nicht aufgefallen. Könnte es etwa sein, daß wir Schweizer in dieser Zeit unfreundlicher und aggressiver geworden sind?

Amerikanische Mannschaftsspiele sind alle aggressiv: das glauben wir zu wissen, und das ist ein Vorurteil. Ich habe mir endlich einmal Baseball erklären lassen, eine Art Schlagball, und ich stelle inzwischen fest, daß ich mit dem Spiel auch dann nichts anfangen kann, wenn ich die Regeln kenne. Es ist ein sehr langsames Spiel mit vielen Pausen, es wird selten gerannt, meist nur spaziert, und der interessante Mann ist jener, der den Ball wirft. Man muß ein Experte sein, um seine Finessen zu erkennen.

Trotzdem habe ich den Eindruck, nicht etwa nur das ist der Grund, daß ich es nicht genießen kann, weil ich nicht damit aufgewachsen bin, sondern vielmehr, daß ich eben kein Amerikaner bin. Mir fehlt ganz einfach die Geduld.

Ich kann nicht warten. Ich habe die Schlangen im Einkaufszentrum beobachtet: ich bin der einzige, der nervös wird, wenn mir die Kassiererin zu langsam zu sein scheint, ich bin der einzige, der durch das Warten gestreßt wird. Ich bin der einzige, der gestreßt wird, wenn er Warteschlangen verursacht. Die anderen nehmen an, daß das Gründe hat, daß ich langsam bin.

Von einem, der im Krieg war

Es gibt Geschichten, die kaum erzählenswert sind, weil ihnen jede Besonderheit fehlt und weil es eigentlich nichts dazu zu sagen gibt.

Nun sitzt an der Bar in New York einer neben mir, der merkt, daß ich Ausländer bin, und der sich Mühe gibt, mit mir zu sprechen.

»Woher kommst du? Was machst du? Wie gefällt es dir hier?«

Er ist Drucker und erzählt mit viel Stolz von seinen Berufskenntnissen, irgendeine spezielle Art von Reliefdruck, wenn ich es richtig verstanden habe.

Er hat eine Zeitung mit, zeigt mit dem Finger auf einen Artikel und sagt: »Alles Quatsch, die Amerikaner machen wieder Scheiße, Krieg ist Scheiße.«

Es ist ein Artikel über den Zwischenfall im Persischen Golf. Mein Nachbar ist gegen die amerikanische Politik.

»Ich kenne den Krieg«, sagt er. »Ich bin mit 18 zum Militär. Weißt du, was wir dort gelernt haben? Töten, nur töten haben wir dort gelernt.«

Seine Geschichte klingt jetzt wie auswendig gelernt, als kenne er sie so wie ich nur aus dem Kino. Er kann seine Geschichte nicht glaubhaft erzählen, das Kino hat sie ihm hinterher gestohlen. Sie ist jetzt die Geschichte von allen, und sie ist die Geschichte von hervorragenden Regisseuren und Schauspielern.

Er war Pilot in einem Kampfboot in Vietnam. Sein bester Freund, sein Schütze, ist in seinen Armen gestorben. Ich sehe die Szene in Farbe und mit Musik – er vielleicht auch.

»Nein, Krieg nie mehr«, sagt er, aber er erzählt weiter, erzählt, daß er der beste Bootspilot der Einheit gewesen sei, erzählt, wie schlecht sein zweiter Schütze gewesen sei, der eine kleine Tötungshemmung gehabt habe und den sie immer wieder verprügeln mußten, weil er schließlich Menschenleben aufs Spiel setzte.

»Laß es jetzt endlich sein, Jim«, sagt der Barmann.

Jim muß es hier schon oft erzählt haben. Vielleicht hat er hier schon durchgedreht – diesmal nicht, ich sehe keine Spuren von Verrücktheit in seinen Augen.

»Und Nicaragua?« frage ich. »Was hältst du von den Amerikanern in Nicaragua?«

Er hält gar nichts davon. »Krieg ist Quatsch«, sagt er noch einmal, »nichts als Dummheit, was die da machen. Die soll man in Ruhe lassen, und Rüstung ist Quatsch, und alles.«

Mein Nachbar erzählt nichts, was ich nicht schon weiß. Ich weiß zum Beispiel, daß der Vietnamkrieg stattgefunden hat, daß er schlimm war. Das einzige, was neu ist für mich: da sitzt wirklich einer neben mir, der da war, der getötet hat, der gelernt hat zu töten. Er trägt keinen Tarnanzug und keinen Helm. Er trinkt nicht zuviel, ist nicht drogenabhängig, ist ein sehr freundlicher Mensch, kein Fanatiker. Er spricht mit mir aus Freundlichkeit, bemüht sich um ein einfaches Englisch. Ich sitze neben einem, der da war, das ist alles. Und er ist gegen den Krieg, das habe ich erwartet. Und wenn ich diese Geschichte ganz ehrlich erzählen würde, dann würde sie nur aus dem Satz bestehen: Ich saß einmal neben einem, der im Vietnamkrieg war. Und dann würde mir noch einfallen: Wie lange ist das schon her?

In der Bar frage ich noch: »Du würdest sicher nie mehr in den Krieg gehen?«

»Doch«, sagt er, »für mein Land immer, ich bin ein hervorragender Bootspilot.«

»Nach Nicaragua auch?« frage ich.

»Nein, nie«, sagt er, »nur wenn sie mein Land gefährden.« So einfach ist das und so hoffnungslos.

Behauptungen

Einer sagt: »Also man hat ja über diesen Hitler auch schon Schlechtes gesagt, aber eines ist sicher, das mit den Drogen wäre unter ihm nicht passiert.« Das sagt er zu mir am Biertisch, und zwar leise, weil er annimmt, ich sei intelligent und würde ihm zustimmen.

Wie er mein Entsetzen bemerkt, ist er selbst entsetzt, und er beginnt, sich zu verteidigen.

»Nein«, sagt er, »du hast mich falsch verstanden, ich habe ja nur gesagt, daß dies nicht passiert wäre, und das wäre doch nicht passiert.«

Ich mache ihn darauf aufmerksam, was damals alles passiert ist.

»Ja sicher«, sagt er, »aber ich habe ja nur gesagt, daß das mit den Drogen nicht passiert wäre, und das stimmt doch, da habe ich doch recht.«

Er weiß, daß er mir einen schlechten Eindruck gemacht hat. Er hat mich im Verdacht, ich würde nun annehmen, er sei ein Neonazi. Ich nehme das nicht an, ich bin überzeugt, daß er das nicht ist. Ich bin so sehr davon überzeugt wie er selbst. Nur hat er – er geht gegen die Sechzig – überhaupt nicht begriffen, was damals eigentlich war. Er hält die Konzentrationslager und die Massenvernichtungen für nichts anderes als eine Entgleisung, wenn ihm auch z.B. zu dem Wort Jude heute noch nichts Freundliches einfällt.

Er redet nun fast verzweifelt auf mich ein. Den Eindruck, daß er Hitler mag, den will er nun wirklich nicht auf sich sitzenlassen, aber ich weigere mich, ihn verstehen zu wollen. Er soll ruhig leiden an seinem Ausrutscher. Er hat Pech gehabt. Er mag mich sehr und war überzeugt, daß ich als Intelligenter seine Äußerung bestätigen würde.

Selbstverständlich ist er aber für die Todesstrafe, fürs »An-die-Wand-Stellen«. Das hat nun, so meint er, doch gar nichts zu tun mit Adolf Hitler. Und nun erzählt er seine Geschichte, die Geschichte eines Verdingbuben, der es schwer hatte und verprügelt wurde und der es dann doch noch zu etwas gebracht hatte. Sogar Präsident einer Gewerkschaftsgruppe war er mal, und er hat heute einen guten Job mit viel Verantwortung. Die Geschichte des verprügelten Verdingbuben, der es zu etwas gebracht hat, könnte nun allerdings auch die Geschichte eines SS-Mannes sein.

Aber nein, er ist es wirklich ganz und gar nicht. Er wird nie ein Neonazi sein. Er ist etwas ganz anderes. Er ist, ohne es zu wissen, ein überzeugter Faschist. Es ist ihm nie gelungen, hinter dem Namen Hitler und hinter der Bezeichnung Nazi auch das Wesen des Faschismus zu erkennen. Nur deshalb kommt er auf die Idee, daß jener einiges schlecht und einiges gut gemacht habe – im großen ganzen dann doch eher schlecht, das gibt er zu. Er ist ein Faschist, weil er erstens nicht weiß, was das ist, und weil es zweitens deshalb für ihn keine Gründe gibt, es nicht zu sein.

Ich verachte ihn nicht einmal, hier in der Beiz wird vieles gesagt, aber ich bezahle und gehe.

Etwas später treffe ich in einer anderen Beiz einen an, den ich am letzten Dienstag beim Fußballspiel gesehen habe. Wir schwärmen über das Spiel, eigentlich nur, damit etwas gesagt ist. Nun sitzt ein Dritter da, der zwar nicht beim

Fußball war, aber der ganz genau weiß, daß das Spiel am Mittwoch stattgefunden hat und nicht am Dienstag.

»Wir müssen es doch wissen«, sagen wir, »wir waren doch da am Dienstag.«

Das nützt nichts. Er weiß es ganz genau, er wird laut, er beginnt, uns Idioten zu schimpfen. Wir sagen, daß es uns eigentlich Wurst sei, ob das Spiel am Dienstag oder am Mittwoch stattgefunden habe, aber das genügt ihm nicht. Er will, daß er im Recht ist. Er erhebt sein Unrecht zur Behauptung. Er wird lauter und böse, und ich stelle mir vor, daß auch er Karriere machen könnte und in einer Uniform von mir verlangen könnte, daß ich zugeben würde, daß das Spiel am Mittwoch stattfand.

Staatsamateure

Am Radio höre ich eine Diskussion zwischen Sportlern, Trainern, Sportmanagern über die Bedingungen der Sportler in unserem Land. Es geht um Geld, um die Bedingungen nämlich, die nötig sind, um Rekorde, Weltrekorde zu erreichen.

Nun gut, das gibt es, und warum soll es das nicht geben. Ich habe mich eben entschlossen, heute wieder einmal zum Fußball zu gehen. Warum? Einfach so, einfach, um mich ein bißchen zu unterhalten.

Was mich an der Diskussion am Radio entsetzt, das ist die absolute Selbstverständlichkeit, mit der sie geführt wird. Das Geld muß her, die Rekorde müssen her, Sport ist zu einer ernsthaften Angelegenheit geworden, zu einem Beruf. Für den Sport zu spenden, das hat bereits den Hauch von Wohltätigkeit, von politischem Bürgersinn. Wer spendet, der ist ein edler Mensch. Man muß den Leuten ermöglichen, nichts anderes mehr zu tun, als etwa eine Kugel zu stoßen, an nichts anderes mehr denken zu müssen, für nichts anderes mehr leben zu wollen. Man nennt das Professionalismus, und das heißt nichts anderes als Beruf.

Nun habe ich selbst – ich gebe das zu – einen recht fragwürdigen Beruf. Ich bin zwar überzeugtes Mitglied der Gewerkschaft Bau und Holz, aber ich weiß, meine Beruflichkeit läßt sich nicht messen mit der Beruflichkeit eines Maurers, eines Schreiners, eines Gipsers. Sie sind, so scheint mir, professioneller als ich.

Aber zurück zum Sport: ich erinnere mich an eine Zeit, als man die Sportler aus den Ostblockländern verächtlich Staatsamateure genannt hat. Das ist noch gar nicht so lange her. Man meinte damit, daß diese Staatsamateure eigentlich gar keine richtigen Sportler seien, vielleicht nicht einmal richtige Menschen, sondern gemachte Sportler, künstlich erzeugte Sportler, mit Zwang und Gewalt und Disziplin hochgezogen, für nichts anderes gemacht als für Weltrekorde, für Medaillen, für Siege.

Ob das wirklich so war, das ist eine andere Sache – aber was waren das doch noch für herrliche Zeiten, als man es den Russen und den DDR-Deutschen noch vorwerfen konnte und durfte. Das machte doch immerhin den Eindruck, daß hier bei uns Sport etwas ganz anderes sei, etwas Idealeres, etwas Bescheideneres.

Nun sitzt mein Maurer in der Beiz und bewundert den Kugelstoßer und die Läuferin und schimpft auf den Läufer, der alles ganz falsch gemacht habe und ein Vollidiot sei. Er wird böse, weil ich nicht wie er glaube, daß die Läuferin Weltrekord laufen werde. Er ist sich da ganz sicher, denn er versteht etwas davon. Selbstverständlich spendet er für die Sporthilfe, für eine gute Sache, für einen Rekord. Professionell muß das alles gemacht sein. Wer das nicht professionell tun will, der hat auch bei den Amateuren nichts zu suchen.

Der Kugelstoßer übrigens macht mir in Interviews einen sympathischen Eindruck. Er scheint sich auch zu freuen über seine Sache. Nur muß ich sagen, der Unterhaltungswert seines Sports scheint mir recht klein zu sein. Ich sehe fast nichts und immer dasselbe. Ich sehe nur die Länge und den Abstand zum Rekord.

Nun mag sein, daß er seinen Beruf – Sportler – ernst nimmt, für den Sport, für diese Kugel lebt. Und dafür arbeitet er wohl hart, immer am selben, immer dieselbe Arbeit. Und warum soll er nicht etwas verdienen dabei, wenn das anderen soviel wert ist.

Ich begreife nur den Maurer nicht, der auch ein Profi ist, auch einen Beruf hat, auch hart arbeitet. Ich begreife nicht, warum der stolze Berufsmann nicht ab und zu beleidigt ist, daß man jenes andere auch Beruf nennt.

Vor einigen Jahren nannte man sie noch verächtlich Staatsamateure.

Ordnung für die Ordnung

Ich mag die Stammtische nicht mehr. Die Gespräche an ihnen werden mir zur Qual. Nicht etwa, daß dies vor Jahren noch Gespräche von hoher Qualität gewesen wären, nein, ganz und gar nicht. Am Stammtisch wurde laut gesprochen, am Stammtisch saßen jene, die sprechen wollten, also sprachen alle, und niemand hörte zu. Am Stammtisch wußten alle alles besser und jeder etwas anderes. Lange hielt ich es da selten aus, aber ein bißchen schon. Das Erzählen war wichtiger als der Inhalt, und man erzählte halt irgend etwas und alles durcheinander.

Mir scheint, das beginnt sich zu ändern. Ich erschrecke, wieviel Übereinstimmung man plötzlich an diesem Stammtisch wieder erzielt. Ich erschrecke darüber, wie schnell die Leute wieder derselben Meinung sind.

»Die gescheiten Herren, die haben einfach ein Büchlein, und nur, was in diesem Büchlein steht, ist dann wahr.«

Der Satz bezieht sich wieder einmal auf die Fachleute, die keine Ahnung haben. Nein, nicht auf die Atomfachleute, auf die würde man hier nicht schimpfen, sondern auf die Fachleute, die sich um den Wald kümmern. Man spricht hier vom Waldsterben und ist überzeugt daß es überhaupt kein Waldsterben gibt.

»Früher waren die Wälder noch sauber«, sagt man, »früher haben wir die Wälder noch geputzt und das dürre Holz geholt, und da gab es kein Waldsterben.«

Ich sage: »Entweder gibt es eins, oder es gibt keines. Sollte es so sein, daß man die Wälder nur putzen muß, dann wäre es doch auch ein Versagen unserer Gesellschaft, weil wir das Holz nicht mehr brauchen« usw.

Sie werden richtig böse: »Nein, es gibt kein Waldsterben – es gibt nur eines, weil die Wälder nicht geputzt sind, das mit den Abgasen ist Blödsinn.«

Ordnung muß sein, haben die Väter immer wieder gesagt. Das hieß: Zuerst mal Ordnung, und dann wollen wir weiterschauen. Einfach Ordnung an und für sich. Es gibt so eine Vorstellung, daß alles Gute eine Folge von Ordnung ist und alles Schlechte eine Folge von Unordnung. Mit diesem Satz haben wir alles zubetoniert und die Bäche zugeschüttet und die Autobahnen gebaut – alles Ordnung, und jetzt, wo die Ordnung ihre Schäden fordert, jetzt sollen diese Schäden wieder mit Ordnung bekämpft werden.

Das Waldsterben ist nur eine Folge von Unordnung: Ordnung bitte, zuerst mal Ordnung. Für Atomkraftwerke sind sie mit denselben Gründen: Da herrscht doch Ordnung. Ordnung genügt und Ordnung überzeugt. Meine Stammtischbrüder wissen nichts davon, daß der Faschismus genauso argumentierte: Vorerst mal Ordnung. Aber wenn das Thema Asylanten besprochen wird, dann argumentieren sie gleich wie beim Waldsterben. Zuerst mal Ordnung, und wenn Asylanten da sind, dann ist das keine Ordnung.

Die heilige Zeit der Gewalt

Diese Zeit heißt »Die heilige Zeit«, aber wer sie so nennt, der meint etwas ganz anderes. Wenn der Wirt sagt »Die heilige Zeit«, dann verwirft er seine Arme verzweifelt, und er spricht das Wort aus in einem Tonfall von Resignation. »Die heilige Zeit«, sagt er, wenn sich seine Gäste anbrüllen, wenn sie sich am Kittel packen, wenn sich der Wirt schlichtend dazwischenstellen muß – Zeit der Verzweiflung.

Man spricht davon, am Stammtisch, daß die Versicherungen verlorene Schirme nicht mehr bezahlen. Wir Ehrlichen sind die Dummen, wird festgestellt. Dann wird auch festgestellt, daß »wir« nicht dumm sind und daß es keinen Sinn hat, ehrlich zu sein. Sonst kommt man zu nichts. Und dann wird festgestellt, daß »wir« nur nicht ehrlich sind, weil es Unehrliche gibt, »wir« aber sind die Gerechten.

Einer sitzt da, der braucht von Zeit zu Zeit sein Taschentuch, um seine Tränen zu trocknen. Ich hätte ihm nicht zugetraut, daß er weinen kann. Dazwischen tobt er und haut auf den Tisch – »Die heilige Zeit«, sagt der Wirt –, und der Weinende spricht von Umbringen, nur von Umbringen, wobei ihm selbst nicht klar ist, ob er davon spricht, daß man ihn umbringen wolle, oder ob er sich selbst umbringen oder ob er jemanden umbringen wolle.

Gewalt ist etwas Totales. Es spielt keine Rolle, wer wen oder was – einfach umbringen. Die Sache ist die, daß ihm seine Freundin davongelaufen ist. Es ist fast eigenartig, daß ihm das weh tut. Es tut ihm so weh wie jedem anderen. Aber seine Wut bezieht sich auf etwas ganz anderes. Sie hatte nämlich kein Recht, ihm davonzulaufen. Sie war sein Besitz.

Es wird am Stammtisch darüber diskutiert, ob man die Freundinnen schlagen soll oder nicht. Einer sagt, er hätte mal eine Freundin gehabt, die hätte er nicht geschlagen, die sei ihm dann davongelaufen.

Ein anderer erzählt, daß ein Türke auf dem Bau ihm die Hand auf die Schulter gelegt hätte, als er zu ihm etwas sagte. Dem hätte er aber eine Kelle Mörtel ins Gesicht geworfen. Man muß sie in die Schranken weisen, sonst werden sie frech.

Und da sitzt einer, den habe ich noch nie so gesehen. Er hat so was Sanftes. Nun fragt ihn einer nach seiner Freundin, und er sagt, er habe seit vorgestern eine neue. Also ist er verliebt. Er sieht so aus, wie Verliebte aussehen – ganz sanft.

Dann sagt er: »Eine Wunderkatze!« Das ist also alles. Ich frage mich, woher er überhaupt die Fähigkeit hat, verliebt zu sein. Und die alte Freundin habe noch die Frechheit gehabt zu meckern, als er mit der neuen geschmust habe. Da habe er ihr aber eine gelangt.

Der Weinende erklärt, daß es Frauen viel leichter hätten, einen Freund zu finden. Die müßten ja nur fragen, für Männer sei das viel schwieriger. Er glaubt das wirklich, er glaubt das wirklich!

Einer sagt, daß jeder ein Idiot sei, der die leeren Flaschen nicht in den Kehricht werfe, schließlich bezahle er Kehrichtsteuer. (Würde er bezahlen, wenn er bezahlen würde.)

Warum fällt ihm im selben Augenblick das alternative Zaffaraya in Bern ein. Diese verfluchten Schwächlinge, sagt er, alles Mitläufer. Umbringen, sagt er.

Immer schlagen, immer umbringen. Sich durchsetzen, sich nicht auf die Kappe scheißen lassen, immer der Stärkere sein. Der Wirt verwirft die Arme und sagt »Die heilige Zeit«.

Die Zeit der Gerechten. Hier sitzen die Gerechten. Ihre Feindbilder sind intakt, das halten sie für Gerechtigkeit.

Astrid Lindgren – die wunderbare Autorin von »Pippi Langstrumpf« – hat kürzlich in einem Vortrag am Radio folgende Geschichte erzählt: Ein Kind hat irgend etwas angestellt, und seine Mutter sagt zu ihm: »Dafür mußt du deine Prügel kriegen, geh vors Haus und suche einen Stekken, mit dem ich dich verprügeln kann.«

Der Bub geht und kommt lange nicht zurück. Endlich kommt er und sagt: »Ich habe nirgends einen Stecken gefunden, aber ich habe hier einen großen, schweren Stein, den kannst du ja nach mir werfen.«

Da nahm die Mutter ihren Bub in die Arme und weinte.

»Wenn du mir Schmerzen zufügen willst, dann kannst du das doch auch so tun, daß du den Stein nach mir wirfst«, sagte der Bub.

Die Mutter nahm den Stein und legte ihn aufs Küchenbrett. Und sie wußte ab jetzt, daß schlagen immer töten heißt.

Das ist eine wunderschöne Geschichte. Aber jene, die sie glauben, nennt man Pazifisten oder Feiglinge oder Drückeberger oder Schwächlinge.

Wir aber sind die Gerechten, und die Gerechten haben die Ungerechten zu schlagen. So einfach ist das.

Ich wünsche ein siegreiches Weihnachtsfest.

Buddhas Küchenuhr

An der alten Spitalkirche in Solothurn war seit Jahrzehnten eine Uhr, eine richtige Bahnhofsuhr. Sie war so etwas wie ein Fremdkörper, deshalb fiel sie auf. Aber sie war auch eine alte Gewohnheit, deshalb war sie selbstverständlich. Und irgendwie war sie mir immer ein wenig Trost in der Kleinstadt – mitten in der Stadt ein bißchen Bahnhof, das war auch so etwas wie eine Hoffnung darauf, daß es in dieser Welt noch anderes gibt als Solothurn.

Nun ist aber dieses Solothurn auch eine Stadt, die gelobt wird für ihr Stadtbild, für ihren Denkmalschutz, für die Pflege ihrer Fassaden. Und wer gelobt wird, der erwartet noch mehr Lob. Wenn man die Haare einer Frau lobt, dann geht sie gleich und läßt sie färben, damit sie noch schöner sind.

Die alte Spitalkirche ist aus irgendeinem Jahrhundert, die alte Bahnhofsuhr ist leider aus keinem Jahrhundert, also passen sie nicht zusammen, also muß sie weg – das zwanzigste Jahrhundert ist kein Jahrhundert, darauf haben sich Denkmalpfleger weltweit geeinigt. Die Stadt hat schön zu sein, und schön ist, was aus einem Jahrhundert ist.

Noch lange werden Solothurner über die Brücke ins Leere schauen und wohl auch sehr bald gar nicht mehr feststellen können, was sie dort vermissen. Sicher wird kein Tourist kommen und sagen: »Hier fehlt eine Bahnhofsuhr!« Also ist der Entscheid, die Uhr verschwinden zu lassen, doch richtig. Zudem hat man die ganze Fassade ganz schön neu gemacht, und jetzt soll sie auch ganz schön historisch sein.

»Fassadenästhetik« nennt man das, ein kleines Stück Verlogenheit – wie wenn es in Solothurn keine Uhren gäbe, wie wenn die Solothurner Arbeiter zu spät kommen dürften, wie wenn es in dieser Stadt kein zwanzigstes Jahrhundert gäbe, wie wenn diese Stadt nur gebaut wäre als Kulisse für Gotthelf-Filme, und die Uhr würde stören, wenn Annebäbi Jowäger in Technicolor auf den Solothurner Markt fahren würde.

Aber lassen wir das, es ist eine Kleinigkeit und kaum ein

Ärger. Es ist unser verstaubtes Antiquitätenverhältnis zur Kultur, vielleicht baut man jetzt eine Kitschuhr in der Form einer Gaslaterne. Nein, das ist wirklich nicht wert, erwähnt zu werden, und ich erwähne es nur, weil es mich erinnert hat an andere Uhren. An die alte Bahnhofsuhr, die ich kürzlich wieder in Oslo sah. Sie hängt immer noch dort hinter einem Fenster der Universität, nach außen gerichtet, über ihr die Sprossen des Fensters – völlig ohne jeden Grund hängt sie dort. Man hat mir erzählt, Ibsen hätte jeden Morgen auf seinem Spaziergang seine Taschenuhr nach dieser Uhr gerichtet. Seither beeindruckt mich diese Uhr. Aber er hat seine Uhr noch im letzten Jahrhundert danach gerichtet, das war ihre Chance.

Und an andere Uhren erinnert mich diese verlorene Uhr in Solothurn. Als ich in Korea einen wunderschönen buddhistischen Tempel besuchte, auch einen aus einem ehrwürdigen Jahrhundert, da fiel mir neben dem Buddhabildnis eine schrecklich billige Küchenuhr auf mit einem dicken weißen elektrischen Kabel, das zu irgendeinem Stecker führte, und der rote Sekundenzeiger sprang von Sekunde zu Sekunde. Ein bißchen fiel die Küchenuhr schon auf, und hätten Touristen dort etwas zu sagen, sie würden sie auch entfernen lassen. Sie hatte ganz eindeutig hier in den heiligen Hallen etwas Lächerliches – das machte sie so sympathisch.

Und erst als ich in einem zweiten und in einem dritten Tempel wieder die Küchenuhr sah neben dem Altar, begann ich meine Begleiter zu fragen, ob diese Uhr etwa eine Bedeutung hätte. Sie schauten mich entsetzt an und sagten: »Selbstverständlich hat sie eine Bedeutung, sie hängt hier, damit man weiß, wie spät es ist.«

Mir fällt dazu nur das Wort Pragmatismus ein: man muß wissen, wie spät es ist, also braucht man eine Uhr. Offensichtlich wird kein Buddhist durch diese Küchenuhr in seinen religiösen Empfindungen gestört. Buddhismus ist für ihn nicht nur ein baugeschichtliches Ereignis, ihn bewegt nicht die antiquarische Schönheit des Tempels – auch die ist selbstverständlich und pragmatisch –, sondern die Größe Buddhas, der größer ist als jede Küchenuhr.

Der buddhistische Mönch fragte mich, ob die Europäer fromm seien, ob die Christen fromm seien, glauben würden. Es beleidigte mich fast, daß ich ihm antworten mußte: »Nein!« Und hinter ihm tickte die Küchenuhr, und ich glaubte ihm, dem Besitzer der Küchenuhr, daß er fromm ist, denn wer so viel Pragmatismus aufbringen kann, wer so viel Widerspruch erträgt, der muß auch glauben können.

Ich sagte zu ihm: »Ich mag diese Uhr sehr«, und er nickte und lächelte und freute sich, und er machte mich nicht auf die wunderschönen Jahrhunderte aufmerksam, und er sagte nicht, daß die Buddhafigur daneben viel schöner sei.

Aber wir in Solothurn haben nun noch eine makellose Fassade mehr, und die Uhr, auf die täglich Tausende geschaut haben, seit Jahrzehnten, die gehört jetzt nicht mehr zu Solothurn. Ein bißchen mehr Enge und ein bißchen weniger Bahnhof.

Aktualität und Langeweile

Heute, an einem 30. Januar, wissen wir noch nicht, was wir in einem Jahr nicht mehr wissen werden. Aber wir werden viel wissen in einem Monat, und einige von uns oder gar manche zittern schon heute und möchten wissen, was sie in einem Monat wissen werden. Einige glauben es bereits zu wissen und schließen Wetten ab. Ob uns das interessiert oder nicht, wir werden nicht darum herumkommen.

Ja, ich spreche von den Olympischen Winterspielen, aber

ich meine für einmal nicht die Fraglichkeit oder Wünschbarkeit des Sports. Ich meine nicht jene, die sich dafür interessieren, und auch nicht jene, die sich dafür nicht interessieren.

Von mir selbst weiß ich gar nicht, ob es mich interessiert oder nicht. Ich werde auch nie herausfinden können, ob es mich interessiert. Ich habe nicht die geringste Möglichkeit, das zu testen. Aber ich weiß, daß ich am Fernsehen einige Rennen sehen werde und später wohl auch einige Siegesfahrten ein Dutzend Mal. Ich kann das nicht verhindern, abstinentes Verhalten liegt mir leider nicht. Sosehr ich auch ganz tief in mir den Eindruck habe, daß mich das alles nichts angeht und daß ich nicht den geringsten Spaß daran habe: ich werde auch dabeisein.

Warum eigentlich? Warum kümmere ich mich um Dinge, die mich nicht kümmern? Warum bringe ich es sogar soweit, mit »meinen Schweizern« zu zittern?

Die Antwort heißt Aktualität. Ich kann mich persönlich verhalten, wie ich will, die Olympischen Spiele werden aktuell sein, und niemand kann sich der Aktualität entziehen. Ich werde in einem Monat etwas wissen, das mir nicht wichtig ist – ich werde wissen, wie die Sieger heißen.

Aktualität ist kein demokratischer Entscheid. Weder ich noch Tausende von anderen haben jemals darüber entschieden, ob ihnen Skirennen wichtig sind. Sie sind es einfach geworden – ohne unser Zutun –, nun sind sie es.

Ich habe gar nichts dagegen, und es stört mich nicht, aber es überrascht mich, daß ich der Aktualität verfalle ohne meinen eigenen Willen. Mir fällt dabei die Geschichte mit Eddy Merkx ein (ich weiß nicht einmal mehr, ob ich den Namen richtig schreibe, und bitte den Setzer, ihn nicht zu korrigieren. Das gehört dazu, daß ich das nicht mehr weiß. Ich schwöre, ich wußte es einmal und besaß sogar einen Halbrenner, auf dem dieser Name stand). Vor Jahren traf ich eine junge Frau, die wußte nicht, wer Eddy Merkx ist.

Da verstieg ich mich zu Beschimpfungen: jemand, der das nicht wisse, sei ein Ignorant, denn wer sich orientiere und die Zeitung lese, der komme an diesem Namen nicht vorbei. Die junge Frau rächte sich. Sie ging nach Hause, lernte die halbe Biographie von Merkx auswendig und schrie sie jedesmal durchs ganze Lokal, wenn ich hereinkam. Ich bin überzeugt, sie wüßte – im Unterschied zu mir – heute noch, wie man den Namen schreibt.

Aber ich interessierte mich damals für Radrennfahren, sie ganz und gar nicht. Wer von uns beiden ist jetzt blöd?

Aktualität hat jedenfalls wenig mit der Wichtigkeit eines Ereignisses zu tun. Und viele Aktualitäten sind zum vornherein abzusehen, sind geplant auf Jahre hinaus: Die Tour de France zum Beispiel bis ins nächste Jahrtausend. Aktuell heißt wörtlich »wirklich«, »gegenwärtig« – aber oft ist sie vorbereitete Gegenwart. Wir wissen zum voraus, daß die Olympischen Winterspiele eine Aktualität sein werden, eine Aktualität also ohne jede Überraschung.

Wer macht sie, diese Aktualitäten? Etwa die Presse, die Medien? Ist es einfach so, daß die Chefredaktoren Aktualität erfinden?

Das wird zum Beispiel, wenn die Presse einen Störfall erwähnt, eine echte Aktualität, von der Atomlobby behauptet, daß die Presse den Fall nur hochgespielt habe – als hätte er ohne Presse nicht stattgefunden.

Also, wer erfindet die gemachten Aktualitäten? Niemand – sie entstehen einfach. Und alle haben zu reagieren, der Chefredaktor, der Sportler, die Wirtschaft und ich. Und ich staune darüber, daß man mit mir etwas machen, daß man mir also nicht nur Zahnpasta und Zigaretten, Radios und Taschenrechner aufschwatzen kann, sondern auch Aktualität. Das muß an mir und an uns liegen. Unsere Gelangweiltheit ist der Ort, wo all diese Scheinaktualitäten ihren Platz finden.

Aktuell ist das, was unsere dauernde Langeweile unterbricht. Oder anders: seit wir uns nicht mehr gemütlich langweilen können, sind wir empfänglich geworden für Scheinaktualitäten.

Die Frage ist nur, ob die wirkliche Aktualität – ein bißchen Tschernobyl zum Beispiel – unsere Langeweile noch zu unterbrechen vermag.

Das ganze Leben

»Mir geht es gut, ich bin zufrieden, ich bin glücklich« – das ist nun wirklich keine Antwort auf die Frage: »Wie geht es dir?« Die Frage ist der Versuch, ein Gespräch zu beginnen, und die positive Antwort bricht das Gespräch augenblicklich ab. Mit einem Glücklichen kann man nicht sprechen, ein Glücklicher ist ein Asozialer, einer, der nicht mehr dazugehört zu der Gesellschaft der Unglücklichen.

Ob wir das nur geworden sind, eine Gesellschaft von Unglücklichen, oder ob Unglück ein ewiges menschliches Schicksal ist, ich weiß es nicht. Aber sicher ist Unglücklichsein in der Gesellschaft der Wohlhabenden zu einem Muß geworden. Wer es nicht ist, der ist nicht salonfähig, mit dem kann man über nichts reden. Glück hat in unserer Gesellschaft immer den Hauch von Dummheit, und daß der Dumme glücklich sein soll, das ist wohl eine der dümmsten Selbstverständlichkeiten.

Aber was fällt dem Wohlhabenden ein in seinem Unglück? Wohl nichts anderes, als noch wohlhabender, nämlich reich zu werden. Reich sein heißt nichts anderes, als noch mehr von dem zu besitzen, was man braucht und brauchen kann. Wer mehr besitzt, besitzt zum mindesten alles. (Ich staune immer darüber, wie leicht es dem Lottospieler fällt, die Frage zu beantworten »Was machst du mit dem Millionengewinn?« Die Antwort geht immer in dieselbe Richtung: Die Millionen würden es dann schon von selbst schaffen.)

Unser Irrtum ist wohl der, daß wir Glück für etwas Totales halten und nicht für etwas Relatives. Also müßte der totale Reichtum auch das totale Glück schaffen, oder die totale Gesundheit müßte das totale Glück schaffen oder die totale Marktwirtschaft oder der totale Sozialismus oder die totale freie Fahrt für Automobilisten oder die totale Energieproduktion oder die totale Umweltbelastung oder der totale Sport und der totale Olympiasieg oder der totale Rausch oder die totale Abstinenz. Wir denken totalitär, wir haben alle eine Neigung zum Totalitarismus.

Die Frau, die mir auf meine Kolumne über die Bahnhofsuhr geschrieben hat, ich hätte wohl auch gemeckert, wenn man die Uhr wieder angebracht hätte, die hat wohl recht. Ich bin weder ein Uhrenbefürworter noch ein Uhrengegner; ich bin nicht bereit, eine Gesellschaft oder Partei zum Schutze der Bahnhofsuhren zu gründen. Ich habe damals nur festgestellt, daß mir Veränderungen zu denken geben, und ich habe versucht, darüber nachzudenken. Wer total für Uhren ist oder total dagegen, wer für totalen Denkmalschutz ist oder total dagegen – den wird wohl unentschiedenes Denken darüber stören.

Totalitäre sind solche, die bereits gedacht haben, oder besser: bereits gedacht bekommen haben – und die deshalb Denken für unnötig halten.

Eine andere Geschichte: Vor vielen Jahren sagte mir ein junger Freund, der etwas Mühe hatte mit seinem Studium, er habe sich nun für den humansten Beruf entschieden, und er war sehr entsetzt, als ich nicht wußte, welches der humanste Beruf sei. Er wollte Arzt werden. Das ist ein guter Beruf und ein nötiger und sicher auch ein menschlicher Beruf. Aber warum es ausgerechnet der menschlichste aller Berufe sein soll, das leuchtet mir auch heute noch nicht ein.

Mir fällt aber ein möglicher Slogan ein: »Medizin ist das ganze Leben.«

Wenn dieser Slogan stimmt, dann gibt es wirklich nur einen humanen Beruf, den des Arztes. Und es mag auch Ärzte geben, die solches von ihrem Beruf halten. Es sind dann wohl auch jene, die ihre Patienten als eine Art Besitz betrachten. Wer sich als ganzes Leben empfindet, ist auch Herr über das ganze Leben.

Also wäre Reichtum auch das ganze Leben oder Sexualität oder Psychologie oder Ökonomie oder Ökologie oder gesunde Ernährung oder, um es für einmal sprachlich unpathetisch zu formulieren: »Das ganze Leben ist Autofahren.« (Da fällt mir noch ein: Landesverteidigung ist auch das ganze Leben.)

Zurück zum Reichtum: es gibt diese schöne Geschichte in der Bibel von der Witwe, die mit ihrem letzten Öl und letzten Mehl dem Flüchtling Elias ein Brötchen bäckt, und Gott machte, daß immer noch ein bißchen Öl im Krug blieb und ein bißchen Mehl im Topf. Immer, wenn sie es rausnahm, war wieder ein kleines bißchen drin. Das ist nicht Reichtum, das ist Bescheidenheit. Aber ein solches Portemonnaie, in dem nie genug drin ist, um Großes zu kaufen, aber immer ein bißchen für Kleines – das wäre Glück.

Die Totalitären dagegen drohen uns immer mit »gar nichts«. Wer nicht den Reichtum will, der will offensichtlich nichts. Wer nicht Wachstum will, der will den wirtschaftlichen Zusammenbruch. Wer nicht die totale Medizin will, der will wohl die totale Krankheit. Wer nicht die totale Sexualität will, der will wohl die totale Frustration.

Endlich etwas können

Ich stehe auf der Brücke und schaue auf den hochgehenden Fluß. Ein Fischerboot nähert sich der Brücke. Ich habe schon davon gehört, daß die Fahrt unter der Brücke nicht unproblematisch ist, und ich bin deshalb überrascht, daß der Fischer kurz vor der Brücke in seinem Boot aufsteht, das Steuer seines Außenbordmotors nur noch mit dem Knie führt und erhobenen Hauptes unter der Brücke verschwindet.

Ich verstehe nichts vom Bootfahren. Aber es ist mir schon aufgefallen in Gesprächen, daß jene, die fahren, unheimlich viel davon verstehen, jeder eigentlich am meisten, und daß sie stundenlang darüber diskutieren können. Ich kann mir nicht vorstellen, daß Fahren besonders schwer sein soll. Ich weiß auch nicht, ob das Aufstehen im Boot vor der besonderen Schwierigkeit eine entsprechende Technik ist. Immerhin, jener Fischer kann das, und er kann das stehend, und das können dann wohl nicht alle. Er ist eben doch ein Könner, und er ist stolz darauf. Er ist jemand. Er ist jener, der es kann.

Am Radio die Meldungen über Staus auf der Autobahn, es ist Sonntag und scheußliches Wetter mit Schneestürmen. In der Beiz sagt eine Frau: »Ich verstehe nicht, weshalb all diese Leute bei diesem Sauwetter Auto fahren müssen, es kann doch nicht sein, daß Tausende unbedingt irgendwohin müssen.«

Und da fällt mir wieder der Fischer in seinem Boot ein. Die Fahrer fahren wohl aus dem einzigen Grund, weil sie es können. Sie können zum Beispiel Auto fahren, sie können das so gut wie die anderen und meist auch besser als alle anderen. Sie können etwas, und sie sind stolz darauf.

Ein Amerikaner, der mir erzählte, daß er in der Schweiz studiert habe, sagte mir: »Ich besitze auch die schweizerische Volksmatur«, und er lachte. Er lachte auch darüber, daß ich als Schweizer nicht wußte, was das ist.

»Die Volksmatur, das ist doch die Fahrprüfung«, sagte er.

Ich denke jedesmal wieder daran, wenn ich Kandidaten über ihre Fahrprüfung reden höre. Das ist doch wirklich ein Ereignis, so ein Fahrausweis. Der bestätigt, daß man etwas kann, zu etwas berechtigt, geprüft und durchgekommen ist. Der bestätigt, daß man endlich, endlich etwas kann.

Der Autofahrer, der überholend frontal auf mich zufährt, erst ganz knapp vor mir wieder einbiegt und weiterrast: das ist eben einer, der Auto fahren kann, der sein Können genießt. Der hat wohl auch einen Schleuderkurs besucht und hat keinen Schrecken vor Glatteis. Er wird auch jener sein, der auf mich schimpft, weil ich nicht fahren kann. Und da hat er sogar recht: ich konnte nicht fahren, ich mußte bremsen.

Aber ich verstehe ihn. Die Fahrprüfung ist vielleicht die einzige Prüfung in seinem Leben, die er bestanden hat. Und Autofahren ist für ihn ein dauerndes Erfolgserlebnis. Er hält Fahren für eine Kunst und sein Tun für Können. Er ist dann wohl wirklich nichts anderes als ein Autofahrer. Er muß denn auch nirgends hin, denn bei der Ankunft ist er niemand mehr. Er ist nur fahrend jemand, nämlich ein Autofahrer. Und wenn jemand das Fahren einschränken will, durch Tempolimite, durch Benzinpreise – der schränkt ihm auch sein Können ein. Wer ihm das Auto nehmen will, der nimmt ihm auch das Leben. Die einzige bestandene Prüfung in seinem Leben soll dann für nichts gewesen sein, das einzige, was er besser kann als alle anderen, soll er dann nicht mehr können dürfen. Denn es geht ihm nicht um Transport, sondern es geht um seine intellektuelle Würde. Wenn er sein Auto nicht mehr hat, dann ist er so dumm wie zuvor.

Ich weiß, daß ich unrecht habe. Aber hie und da habe ich

den Eindruck, daß diese »Schweizer Volksmatur«, die Fahrprüfung, Menschenleben gefährden kann. Durch sie wird das Autofahren zum Erfolg.

Eine Abschaffung der Fahrprüfungen wäre wohl nicht die Lösung. Vielleicht gibt es nur eine Lösung: den Leuten andere Erfolgserlebnisse zu vermitteln, sie andere Prüfungen bestehen zu lassen oder vielleicht ein Schulsystem zu finden, in dem man nicht dauernd durchfällt und durchfällt und durchfällt. Denn solange es Tausende gibt, die nichts anderes können als Auto fahren, kann man ihnen wirklich dieses Auto nicht wegnehmen. Irgend etwas muß der Mensch doch können. Und irgend etwas muß er besser können als die anderen. Also machen wir alle eine Volksmatur und können dann alle besser Auto fahren als alle anderen.

Ich gebe es zu, selbst ich bin ein bißchen stolz, daß ich es kann. Auch mich hat meine erste Alleinfahrt nach der Fahrprüfung mehr beeindruckt als die bestandene Primarlehrerprüfung. Das ist traurig.

Mein Freund Rambo

Kürzlich erinnerte ich mich wieder an Cornel. Er ist vor über zwanzig Jahren gestorben, ein Unfall auf einer Brükkenbaustelle – er wird es besser gekonnt haben oder mutiger gewesen sein als die anderen. Ich erinnere mich eigentlich fast nur noch daran, daß ich ihn mochte. An seine Kleidung erinnere ich mich noch und an seine Art, an sein Gesicht kaum mehr.

Ein paar Leute sprachen in der Beiz mitleidig über einen Mann, dem es verdammt schlecht geht, ein ehemals erfolgreicher Mann, der nicht ohne Selbstverschulden ins körperliche Elend kam. Ich mag zwar Mitleid, aber in diesem Falle brachte ich es nicht auf, und ich war selbst überrascht, als ich mich in dieser Runde des Mitleids gezwungen fühlte zu sagen: »Ich mag ihn nicht, ich mochte ihn nie!« Und dann erinnerte ich mich an Cornel.

Cornel war das, was man damals – vor dreißig Jahren – als Stenz bezeichnete: hohe Rohgummisohlen, Pomadehaare, modische Kleidung, und er war stark, unheimlich stark. Er beherrschte die Beiz, schlug die Ungerechten und verteidigte die Gerechten, und der Maßstab für Gerechtigkeit war er selbst – Rambo hätte ihm gefallen. Und ich war stolz darauf, daß ich zu den Gerechten gehörte. Ich mochte ihn – oder eigentlich, ich mochte es, daß er mich mochte.

Er hatte eine Neigung zur Intelligenz, und er war auch stolz darauf, daß er ein ganz dickes Buch besaß – »Exodus« – und es auch gelesen hatte. Das war denn wohl auch der Grund, daß er für mich, den Lehrer, eine Zuneigung hatte. Er war mächtig, und ich war der Freund des Mächtigen. Aber es kam auch vor, daß er in großer Trunkenheit weinte, abends nach der Polizeistunde. Dann sagte er, wie sehr er seine Frau liebe, und jetzt werde er wohl nach Hause gehn, und dann werde irgend etwas gesagt, und dann werde er wohl wieder die Frau verprügeln. Und er bat mich, mit ihm nach Hause zu kommen und noch ein Bier zu trinken mit ihm, dann passiere es nicht. Ich war stolz, daß er mit mir darüber sprach.

Eines späten Abends dann kamen noch drei gutgekleidete Herren mit Silberkrawatten in die übelbeleumdete Beiz. Offensichtlich glaubten sie, daß sie hier noch etwas sehen und erleben könnten. Der eine – der Erfolgreiche, der inzwischen Mitleid verdient und den ich gut kannte von früher – hatte etwas gegen meine langen Haare und forderte mich über die Tische hinweg lauthals auf, zum Friseur zu gehen. Das war das Stichwort für Cornel. Er ging zum Tisch der Herren, baute sich vor dem Tisch auf und sagte:

»Wohin muß mein Freund gehen – würden Sie das bitte wiederholen.« Die drei Herren wurden etwas kleiner und sagten nichts mehr. Cornel forderte mich auf, den Herrn in die Fresse zu hauen. Ich sagte: »Cornel, hör auf damit – ich will nicht schlagen, und ich kann nicht schlagen.«

»Ich bin ja hier«, sagte Cornel, »heute kannst du, es passiert dir nichts.«

Und dann stellte er sich hin und sagte: »Dann tu ich's, ein Wort von dir, und ich tu's.«

Die Herren wurden noch kleiner und hatten ihre Nasen schon fast auf der Tischplatte, und ich hielt Cornel zurück, und ich fand es ein bißchen lustig, daß es die Herren so schwer hatten hier, und Cornel war ein richtiger Freund, ein Freund wie im Westernfilm, ein Gerechter.

Die Herren haben dann schnell bezahlt und sind gegangen.

Als jetzt von jenem gesprochen wurde, der Mitleid verdient, ist mir mein großer Freund Cornel wieder eingefallen. Und auf dem Heimweg habe ich darüber nachgedacht, weshalb ich wohl jenen Krawattenträger hasse. Sicher nicht, weil er damals etwas gegen meine langen Haare hatte – aber vielleicht, weil er ein Großmaul war, ein Aufschneider, und weil ich ihn endlich einmal ganz klein gesehen hatte und weil er so servil war in seiner Angst.

Aber am selben Tag hatte ich noch einen Satz gehört in der Beiz (in dieser Schweiz, 1988). Eine Frau sagte zu ihrer Freundin: »Ich lebe mit meinem Freund jetzt schon ein Jahr und einen Monat zusammen, und er hat mich noch nie verprügelt.«

Heißt dieser Satz etwa, daß es Frauen gibt, die daran gewohnt sind? Heißt das etwa, daß es eine besondere Leistung des Freundes ist, auf das Schlagen zu verzichten?

Cornel fand es vor dreißig Jahren großartig, daß er darüber weinen konnte. Er tat es, und er weinte, und er tat es wieder.

Auch dieser Satz der Frau erinnerte mich an ihn. Plötzlich wußte ich, warum ich diesen ehemaligen Krawattenherrn hasse. Nicht weil er ein Großmaul war, nicht weil er mich beleidigen wollte, sondern weil er mich immer wieder an meinen miesen Stolz auf die Freundschaft eines Gewaltigen erinnert. Mir gefiel es, ein Freund Rambos zu sein. Ich war an seiner Gewalttätigkeit nicht unschuldig. Daß er ein angenehmer Gesprächspartner war und nicht ungebildet, das hört man ab und zu auch von politischen Gewalttätern.

Ein Traum von Europa

Ich komme aus der Schweiz, einem Land, das seine Bürger als »Der Souverän« bezeichnet, als den Herrscher. Ich komme aus einem Land, in dem die Bürger über vieles und fast alles abstimmen dürfen; nächstens zum Beispiel wird in der Schweiz über die Abschaffung der Armee abgestimmt. Nicht viele mögen sie, viele schimpfen über sie, fast alle sind restlos überzeugt von ihr. Sie wird nicht abgeschafft werden, das steht im voraus fest – und würde sie durch einen Zufall doch abgeschafft, man würde sie gleich ersetzen durch eine andere Armee und eine andere Abstimmung.

Immerhin, man hat im Ausland schon davon gehört, in der Schweiz gäbe es die Möglichkeit, daß das Volk die Armee abschaffen könnte – und der Kampf um demokratische Rechte in aller Welt ist ein ernsthafter Kampf denn die Demokratie wird Gerechtigkeit bringen. Davon bin ich persönlich überzeugt. Das ist meine Utopie, daß ich davon überzeugt bin; wenn ich als Schweizer auch das zynisch beleidigende Beispiel einer nicht funktionierenden Demokratie vor Augen habe – ein »immerhin« sei hier zum mindesten angebracht –, immerhin Demokratie.

Das Scheitern der Demokratie ist für mich nicht der geringste Beweis dafür, daß Demokratie nicht funktionieren kann – so wie das Scheitern des Sozialismus für mich nicht der geringste Beweis dafür ist, daß Sozialismus nicht funktionieren kann.

Das Scheitern der Demokratie?

Ich höre den Einwand meiner Schweizer Mitbürger: »Wir sind doch reich, stinkreich, und unsere Demokratie ist doch ein Erfolg, wir gehören zu den Mächtigen der Welt.« Ich weiß nicht, was ich ihnen antworten soll, meinen Mitbürgern, ich weiß es nicht. Es ist zum Verzweifeln in diesem Land Schweiz, aus dem ich komme, weil ich nicht weiß, was ich ihnen antworten soll.

Wäre die Schweiz ein gerechteres Land, es müßte ein ärmeres sein, und wäre die Schweiz ein solidarisches Land, es müßte von seinem Reichtum abgeben: soll ich das meinen Mitschweizern sagen, werden sie das verstehen, meine Mitbürger? Nein, sie werden es nicht verstehen. Denn sie sind alle überzeugt davon, daß unser Reichtum eine nationale Leistung sei, die mit nichts anderem zu tun habe, als daß wir besser seien als alle anderen und raffinierter als alle anderen, daß unser Reichtum nur damit zu tun habe, daß es die Ausländer eben nicht so gut können.

»Ausland«: mir scheint, das ist ein schweizerisches Wort. Wenn ein Schweizer reist, dann geht er weder nach Deutschland noch nach Frankreich, noch nach Italien, sondern er geht vorerst einmal ins Ausland. Für die Schweizer gibt es auf dieser Welt nur zwei Länder, das Inland und das Ausland. Nur in der Schweiz haben die Zeitungen diese zwei eigenartigen Sparten: »Inland« und »Ausland«.

Wer so denkt, der kann kein Europäer sein. Europa ist für die Schweiz höchstens ein geographischer Begriff, ein politischer nicht, und die Welt ist für diese Schweiz höchstens ein geographischer Begriff, vielleicht ein wirtschaftlicher, aber kein politischer. Denn die Welt, die findet ja nur im Ausland statt.

Das hat dieser fatale und verlogene Begriff der »Neutralität« in unserem Land bewirkt.

Ich habe als Kind nie begriffen, warum nicht alle Länder der Welt neutral sind. Ich habe nicht begriffen, warum damals nicht auch die junge Bundesrepublik und die junge DDR neutral waren, denn alle Länder haben nur noch Verteidigungsministerien, alle Länder sprechen nur noch davon, daß sie nicht angreifen werden, daß ihre Armee eine reine Verteidigungsarmee sei (Verteidigung von was? – dies nur nebenbei). Warum sind nicht alle Länder neutral? Und warum ist Neutralität in Schweden, in Österreich, in der Schweiz jeweils so etwas ganz anderes?

Weil Neutralität – eine Erfindung des Wiener Kongresses von 1815 – nichts anderes ist als ein Betrug mit Selbstverständlichkeit. Ich kann das nur mit dem Beispiel Schweiz erklären: Wir sind nicht Mitglied der UNO, weil wir neutral sind. Wir können nicht Mitglied der EG sein, weil wir neutral sind. Wir brauchen eine starke Waffenindustrie und sind zu einer Drehscheibe des internationalen Waffenhandels geworden, weil wir neutral sind. Wir sind neutral, damit wir nicht dabeisein müssen. Die Neutralität ist unser Alibi – und Alibi heißt wörtlich »Abwesenheitsbeweis«. Die Neutralität ist unser Abwesenheitsbeweis. Wir haben und wir hatten mit nichts zu tun: mit Hitler nichts, dem wir Waffen geliefert haben, mit der Judenvernichtung nichts, die wir – zum mindesten passiv – unterstützt haben. Niemand kann uns beweisen, daß wir etwas zu tun hatten damit, denn wir haben ein Alibi – unsere Neutralität.

Wir sind ein friedliches Land, glaubt man, weil wir in zwei Weltkriegen keinen Krieg in unserem Land hatten. Wir waren abwesend vom Krieg – oder besser: der Krieg war bei uns nicht anwesend. Denn beteiligt an ihm, als Profiteure, waren wir wohl. Ich erinnere mich auch, daß man mir als Kind gesagt hat »Jetzt im Krieg«. Wir hatten auch einen Krieg, er war nur nicht anwesend. Und ich erinnere mich, daß wir Fußball spielten auf der Hauptstraße während des Krieges: es gab so wenige Autos. Und dann kam ein Polizist auf dem Fahrrad – ich kenne noch seinen Namen, er hieß Camille Husi – und beschimpfte uns und sagte, daß es verboten sei, Fußball zu spielen auf der Straße, und dann drohte er uns: »Wartet nur Buben, bis Frieden ist.«

Man hat uns damals mit Frieden gedroht. Ich werde das nie mehr vergessen, daß mir als Kind in der Schweiz mit Frieden gedroht wurde.

Und das ist unsere Situation heute: mir scheint, das Schweizer Vorbild hat weltweit Schule gemacht. »Krieg ja – aber nicht hier!« Krieg in Nicaragua, im Libanon, in Afghanistan, aber nicht hier. Ich spreche jetzt nicht von den Russen und den Amerikanern, ich spreche immer noch nur von den Schweizern. Ich habe in den letzten Monaten auf der ganzen Welt nur noch Schweizer Politiker und Schweizer Generäle gehört, die dringend vor Abrüstung warnten, denn ohne Krieg bräuchten wir Schweizer keine Armee, die wir im übrigen nicht brauchen, weil wir ja ein Alibi haben – aber mit Waffen und Rüstung möchten wir ja doch auch zu tun haben. Also brauchen wir eine Armee als Alibi.

Alibi heißt »Abwesenheitsbeweis«. Wer abwesend ist, der ist auch unschuldig. Die Schweiz hält sich für unschuldig an Europa, wer unschuldig ist, der hat auch nichts damit zu tun. Ich weiß nicht, ob die Franzosen Europäer sind, ob die Italiener Europäer sind, die Polen, die Ungarn. Wir Schweizer sind es jedenfalls nicht. Europa ist für uns nur ausländische Geographie.

Wir Schweizer sind Spezialisten in Unschuld geworden. Das ist mitunter eine Folge einer hundertvierzig Jahre alten direkten Demokratie. Kein Politiker trägt Verantwortung: schließlich hat das Volk abgestimmt. Keine Opposition ist möglich: schließlich kann man eine Abstimmung verlangen. Die Verteilung der Schuld auf viele Schultern – auf viele total desinteressierte Schultern auch – macht alle unschuldig, macht alle neutral, macht schließlich alle abwesend.

Ich sage das hier nicht etwa, um mein Land zu beschimpfen. Man kann da leben, in dieser Schweiz, und man kann da auch politisieren – ich tu beides. Ich sage es nur, um vor dem Vorbild Schweiz zu warnen. Es gibt zu viele Menschen in der Welt, die diese Schweiz für *die* Utopie halten, für einen Traum; sie ist es nicht. Volksrechte sind wunderbar und erstrebenswert. Aber die Macht des Volkes ist nichts wert ohne Aufklärung. Und politische Propaganda und Wahlkämpfe und Abstimmungskämpfe ersetzen die Aufklärung nicht. Aufklärung kann nie eine Folge von Demokratie sein, sondern die Demokratie muß eine Folge der Aufklärung sein. So weit sind wir auch in der Schweiz noch sehr lange nicht.

Und kein Schweizer glaubt daran, daß politische Flüchtlinge in unser Land kommen, weil sie vom Lande der Freiheit und des Friedens gehört haben. Sondern die Schweizer sind überzeugt davon, daß alle nur wegen unseres Reichtums kommen. Das ist doch Beweis genug dafür, was Schweizer von Schweizer Politik halten. Bürgerrechte und liberales Denken wurden durch Prosperität ersetzt.

Ich warne vor der Utopie Schweiz.

Ich glaube nur an die Utopie der Aufklärung, nur an den Widerstand.

Das Leben erzählen

Wenn er anfängt zu erzählen, dann verlassen die Leute nach und nach den Tisch oder wenden sich ab und sprechen über etwas anderes, und meistens bin ich es dann, der das Pech hat, ihm zuhören zu müssen. Jemand muß ihm schließlich zuhören, und er ist ein freundlicher Mann und ein ruhiger und ein bedächtiger, und er schimpft über nichts und über niemanden. Er erzählt ganz langsam und gemütlich, als hätte er es von seinem Großvater auf der Ofenbank gelernt. Er erzählt, wie sie Äpfel geklaut haben beim Nachbarn und wo dessen Haus gestanden und wie er geheißen habe – »Nein, so hat er nicht geheißen, der Baumann war der auf der anderen Seite« –, und am Schluß der Erzählung war es dann doch nichts anderes, als daß sie Äpfel geklaut haben. Nicht einmal erwischt wurden sie, nicht einmal bestraft wurden sie.

Er ist ein fürchterlich ehrlicher Erzähler und ein grauenhafter Langweiler. Ich halte es kaum aus, ihm zuzuhören. Und wenn er endlich zum Schluß kommt, dann geht es gleich weiter: »Zwei Jahre später – also nicht genau zwei Jahre, sondern im April – wollten wir dann mit den Velos über den Gotthard – also der eine war nicht ganz ein Jahr älter als ich – nein, der, der im November Geburtstag hatte, war sein Bruder, der Paul – und wer hatte schon Geld damals und ...«

Ich bezahle mein Bier, verabschiede mich – eine ganz dringende Verabredung.

Er ist nicht auszuhalten, ein fürchterlich schlechter Erzähler. Aber ein lieber Mensch, ein ehemaliger Beamter, seit Jahren pensioniert. Er lebt schon lange in dieser Stadt und paßt immer noch nicht in sie, und seine bäuerische Herkunft ist zum Schluß das einzige, was ihm geblieben ist.

Passiert ist in seinem Leben fast nichts als eben dasselbe, was den anderen passiert ist: Äpfelklauen und Radfahren und Fußballspielen und ein bißchen Armut und ein bißchen Glück mit dem Lehrmeister und ein bißchen Pech mit den Kindern, und immer von allem nur ein bißchen. Er war als

Beamter auch nur ein bißchen autoritär, und er war auch sogar ein bißchen beliebt.

Ich schäme mich jedesmal, wenn es mir nicht gelingt, dem Langweiler zuzuhören. Es gelingt mir nie. Er hat doch auch – jetzt, da er bald achtzig ist – ein Recht darauf, eine Biographie zu haben, ein Recht darauf, ein Leben gelebt zu haben, auch wenn fast gar nichts Spektakuläres in ihm passiert ist. Er hat doch gelebt, als wir alle noch nicht lebten – und das ist doch auch etwas. Und wenn es auch heute noch Äpfel gibt, es waren eben doch ganz andere Äpfel damals. Sie erinnern an den kleinen Bub von 1920, kurz nach dem Ersten Weltkrieg, damals, als wir alle noch nicht lebten.

Ja, er hat wirklich fast nichts zu erzählen. Aber ein Recht auf ein Leben, auf ein ganzes gelebtes Leben hat er doch. Das wäre doch eigentlich schön, wenn wir fähig wären, uns gegenseitig erzählte Langeweile abzuhören.

Ich zum Beispiel würde dann folgende Geschichte erzählen: »Das muß etwa 1937 gewesen sein, ich war zwei-, dreijährig, da bin ich mit meiner Mutter in Luzern in die Stadt gegangen, und an der Ecke eines großen Hauses – ich weiß heute noch, wo – hat meine Mutter eine Frau getroffen und hat lange mit ihr gesprochen. Sie trug ein weißes Kleid und hatte einen weißen Pudel, und ich habe mich über sie geärgert, weil ich nicht wollte, daß die Mutter mit ihr spricht, und ich zog sie die ganze Zeit am Rock und habe getobt. Und da stand auch ein Buchsbaum, und ich habe Blättchen vom Baum gerissen und sie über meine Finger gestülpt.«

Das ist die Geschichte, eine langweilige Geschichte ohne jede Pointe, ohne Spannung. Sie ist überhaupt nicht erzählenswert. Aber ich hätte sie schon lange einmal erzählen wollen. Nun habe ich es getan. Nun habe ich Sie, liebe Leserin, betrogen, gelangweilt und ausgenützt.

Aber es mußte einmal sein, denn es ist die erste Geschichte meines Lebens, die erste, an die ich mich erinnere. Ich bin damals – so scheint mir – bei diesem Buchsbaum zu meinem Leben erwacht. Seit jener Geschichte bin ich eine Person, und wenn ich geschrieben hätte »die Blättchen über meine Fingerchen gestülpt«, dann hätte ich gelogen. Nein, es waren richtige Finger, dieselben, die ich heute noch habe, und es war ein richtiger Ärger, derselbe, den ich heute noch habe, und ich war ein richtiger Begleiter meiner Mutter. Und ich habe das Gefühl, daß ich damals genau derselbe war, der ich heute noch bin, und daß sich die Ärgergefühle in meinem Bauch überhaupt nicht verändert haben. Dies ist meine wichtigste Geschichte, weil es die erste meines Lebens ist.

Aber man kann sie nicht erzählen, denn sie ist langweilig. Sie ist mir eingefallen, weil ich eine Enkelin aufwachsen sehe und aufwachen sehe und sehe, wie sie ihre Finger entdeckt und Welt entdeckt. Und das ist sehr spannend, vor allem für sie. Leben entdecken – das eigentlich ist Leben.

Eigenartig, daß man genau das nicht erzählen kann und daß sich jener, der es versucht, lächerlich macht.

Luftputschi und Staatsanwalt

Es gibt keine Originale mehr, sagen die älteren Leute, und sie erzählen von Originalen, die es – damals – noch gab. Der eine wußte den ganzen Fahrplan auswendig, der andere ließ sich durch seinen Übernamen so rührend provozieren usw. usw.

Jetzt gibt es sie also nicht mehr. Warum eigentlich nicht? Jene, die davon sprechen, daß es keine mehr gibt, die tun so, als läge das an fehlenden Originalen. Ich behaupte, sie sind heute häufiger als damals. Nur ist niemand mehr bereit, sie als solche zu erkennen, ihnen den Ehrentitel Original zu geben.

Vor einiger Zeit ist in unserer Stadt ein Mann umgekommen, den jene, die ihn kannten, als Original empfanden. Ich hätte den, der ihm seinen Übernamen gab – »Der Staatsanwalt« –, gern kennengelernt. Es war ein wunderbarer Übername für den kleinen, dicken Mann auf Säbelbeinen, der stets eine dicke Mappe mit sich schleppte. Und in den paar Beizen, in denen er verkehrte, kannte man ihn unter diesem Namen.

Er ertrug es, wenn man ihn ein bißchen hänselte, und er ertrug es gleichzeitig ein kleines bißchen nicht. Er wollte ein bedeutender Mann werden, ein Schriftsteller zum Beispiel, und er sprach ab und zu davon, daß nach seinem Tode die Leute staunen werden. Er betrachtete damals die alten Zehnernoten und flüsterte mir zu: »Die werden staunen, wenn ich mal da drauf bin.« Aber das Schreiben hat er verschoben von Tag zu Tag – wer kennt das nicht? –, und eines Tages staunten die Leute wirklich: er stand am Tage nach seiner Ermordung wirklich in der Zeitung – und nicht nur im Lokalblatt, sondern in den Zeitungen des ganzen Landes.

Sein Tod machte mich traurig, und ich vermisse ihn. Und ich gebe zu, ich vermisse ihn nicht als persönlichen Freund, was er irgendwo auch war, sondern ich vermisse ihn als Umgebung, als Nachbarschaft. Er war jener, den wir kannten in der Beiz. Die Schläger und die Trinker, die Lauten und die Leisen, die Groben und die Sanften – er hat uns irgendwie verbunden.

Am Tag nach seinem Tod haben in der Stadt auch andere über diesen »Fall« gesprochen. Alle hatten es gelesen im »Blick«, und alle wollten nun wissen, wer das war, der Arnold Riesen, und ich sagte: »Der Staatsanwalt«, und niemand hatte je von ihm gehört. »Er war ein Original«, sagte ich, aber das glaubte man mir nicht – denn die Originale sind nur dann Originale, wenn alle sie kennen.

Das ist doch eigenartig, daß Originale immer durch Mehrheitsbeschluß sozusagen gewählt wurden. »Original«

war früher einmal so etwas wie ein Amt. Man hatte mit dieser Bezeichnung einem Schwierigen, einem Arbeitsunfähigen, einem Andersseienden einen Platz zugewiesen in unserer Gesellschaft, und es gab damals auch noch Wirtschaften, wo alle zusammensaßen: die Kleinen und die Großen und die ganz Großen. Die ganz Großen zwar hinten an den weiß gedeckten Tischen, aber immerhin unter demselben Dach.

Inzwischen sind wir wieder eine Klassengesellschaft geworden, und die verschiedenen Kasten treffen sich unter verschiedenen Dächern, und nachdem die Großen in feinen Gesellschaften leben, fehlen ihnen die Originale. Sie könnten sie heute auch für nichts mehr brauchen, auch wenn sie sich beklagen darüber, daß es keine mehr gibt. Denn jene, von denen sie noch erzählen, die wurden von ihren Vätern und Großvätern »gewählt«, sie selbst sind für eine solche »Wahl« unfähig geworden. Wir leben nicht mehr zusammen, also haben nicht mehr alle unter einem Dach Platz.

Wenn mich meine Mutter als »Luftputschi« bezeichnete, dann war das negativ gemeint. »Du mit deinen Luftputschihänden«, das hieß: »Du mit deinen schmutzigen Händen«. Der Luftputschi war ein Original aus ihrem Dorf, und zwar offensichtlich eher ein negatives Original. Ich fand schon als Kind den Übernamen wundervoll: einer, der so verträumt und verwirrt ist, daß er an die Luft anputscht, anstößt – das hat mir sehr gefallen, und ich war gern ein Luftputschi.

Jenen hätte ich auch gern kennengelernt, der den Namen »Luftputschi« erfunden hat. Das muß ein sanfter Mensch gewesen sein, er hat dem Schmutzigen und Zornigen mit einem Namen einen Platz in der Gemeinde gegeben. Und auch jenen oder jene hätte ich gern kennengelernt, der oder die vor vielen, vielen Jahren die Bezeichnung »Original« für solche Leute gefunden haben, eine zärtliche Bezeichnung für Leute, die ganz anders sind, eine Bezeichnung für Debile, für Wahnsinnige, für Arbeitsunfähige, für Asoziale. Es muß eine ganz andere Zeit gewesen sein als unsere. Sie war fähig, solche Leute als »Einzelstücke«, als »Originale«, als »Außergewöhnliche« zu bezeichnen und zu lieben. Es muß eine Gesellschaft gewesen sein, die noch zusammenlebte und die noch Platz hatte für alle.

Nur die sogenannten »Normalen« haben sich inzwischen geändert. Sie nämlich leben nicht mehr zusammen. Und weil sie nicht mehr zusammenleben, haben sie auch keinen Platz mehr für Originale. Aus den »Außergewöhnlichen« sind Ausgestoßene geworden.

Übrigens kenne ich jenen, der den Namen »Staatsanwalt« erfunden hat. Er ist ein Eigenartiger, und er gehört zu uns, und ich bin stolz darauf, sein Freund zu sein.

Hildas Geburtstagsfeier

Bald ist wieder der 1. August, das ist ein Datum, auf das ich mich freue. Nicht etwa, weil ich ein besonderer Patriot wäre, aber der erste August ist für mich eine schöne Kindheitserinnerung: man durfte aufbleiben, bis es dunkel wurde, ich bin mit meinem roten Lampion mit dem Schweizerkreuz zum Feuer gegangen, und man durfte richtige Zündhölzchen – die sonst verboten waren – anzünden, und es waren bengalische Zündhölzchen. Eigenartig, daß das Wort »bengalisch« etwas mit unserem Nationalfeiertag zu tun hat. »Bengalisch« ist für mich ein sehr, sehr schweizerisches Wort. (Inzwischen haben wir wohl auch Flüchtlinge aus Bengalen – wir müßten sie eigentlich sehr mögen.)

Der erste August ist der Geburtstag der Schweiz. Ich mag Geburtstage sehr – nicht meine eigenen, aber die der anderen. Es ist etwas Eigenartiges, so ein Datum wie zum Beispiel der 8. Mai 1938: die Frau, die damals geboren war, die hat wohl gar nichts mit dem Jahr 1938 zu tun. Sie wird sich nicht an 1938 erinnern, aber 8. 5. 1938 wird ein Leben lang ihre magische Zahl bleiben. Und das Fest zu ihrem 50. Geburtstag war wunderschön. Sie stand im Mittelpunkt, niemand wollte ihr das Fest versauen, es gab zu essen und zu trinken, Onkel Otto spielte endlich wieder einmal auf dem Schwyzerörgeli, alle brachten Kuchen mit, niemand suchte Streit.

Ich mag diese schönen runden Geburtstage.

In drei Jahren, am 1. August 1991, wird die Schweiz so einen schönen runden Geburtstag haben. 700 Jahre Eidgenossenschaft, das passiert nun wirklich nicht alle Jahre, das müßte nun wirklich gefeiert werden, einmalig und eindrücklich gefeiert werden – aber das Fest ist uns schon Jahre im voraus mißlungen. Seit Jahren gibt es Gruppen und Kommissionen mit Präsidenten und Aktuaren, mit Fachleuten und Professoren, die dieses Fest machen sollen. Nun hat man auch einen guten Mann gefunden – ich kenne ihn, er ist ein guter Mann –, der das ganze Fest organisieren soll. Ich selbst möchte dieser gute Mann nicht sein, mir würde zu diesem Fest nichts einfallen. Ich würde vor allem vor dem Geld erschrecken, das bis jetzt schon ausgegeben wurde. Es ist schon so viel Geld, daß das Fest nun wirklich ganz immense Dimensionen annehmen müßte, sollte das Ergebnis den Aufwand rechtfertigen.

Nein, mir würde nichts einfallen – oder doch?

Doch, ich habe einen Vorschlag: Man könnte doch all das Geld, das man in gescheiterte Projekte und aufwendige Pläne investiert – man könnte doch all das Geld, diese Millionen, in Feuerwerksraketen investieren, sie auf alle Gemeinden der Schweiz verteilen und dann alle am 1. August 1991 genau um 22 Uhr 30 zünden. Wir würden die Umrisse der Schweiz am Himmel sehen, ein immenses Feuerwerk!

Aber bevor jemand auf die Idee kommt, meine Idee ernst

zu nehmen: ich muß sagen, daß ich selbst entschieden gegen diese Idee bin. Wir können doch nicht in einer Zeit des Hungers, der Flüchtlinge, der Kriege, der Drittweltländer, des Waldsterbens einfach für Millionen Raketen in die Luft schießen.

Also dann ein Tag der Besinnung. Wir besinnen uns an diesem Tag an die Werte unseres Landes, an die Pflichten der Bürgerinnen und Bürger, an die Leistungen unserer Ahnen. (Nicht auszudenken, was geschehen wäre, hätten wir aus dem 50. Geburtstag von Hilda – am 8. Mai 1988 – einen Tag der Besinnung gemacht. Das wäre doch keine Geburtstagsfeier gewesen – selbst der Kuchen hätte nicht in die Besinnung reingepaßt.) Oder wir könnten eine große Parade machen oder ein großes Theater oder Seminare über den Sinn der Schweiz, wir könnten die Kunst fördern, wir könnten eine große Amnestie erlassen und die Gefängnisse öffnen, wir könnten für ein Jahr unsere Grenzen öffnen oder wir könnten am 1. Januar 1991 die größte Militärparade der Welt machen, so etwas wie eine Generalmobilmachung für einen Tag, und dann die Armee für ein Jahr sistieren, für ein Jahr, nur für ein Jahr abschaffen.

Mir fällt dazu nur Blödsinn ein. Wie einfach war doch das Fest unserer Hilda, aber wir mögen sie halt, unsere Hilda. Und sie hat richtig gestrahlt: uns ist ihr Fest gelungen, das machte ihr Fest so schön.

Aber ist es denn wirklich so unverzeihlich schlimm, wenn uns die 700-Jahrfeier mißlingt? Sie kann doch nur mißlingen. So gut wie die Rede des Bundespräsidenten zum Beispiel sein müßte, so gut kann eine Rede nämlich gar nicht sein. So eine gute Rede gab es in der Weltgeschichte noch nie. Der erste August 1991 wird nie so schön sein können wie all die ersten Auguste meiner Kindheit. Ich mag den ersten August als Erinnerung an meine Kindheit, ich mag Geburtstage wirklich. Es ist eigentlich sehr sympathisch, daß uns die Feier mißlingen wird. (Wir könnten zum Beispiel keine machen.)

Ich weiß übrigens, was passiert wäre, wenn uns die Geburtstagsfeier von Hilda mißlungen wäre. Wir hätten uns hinterher so geschämt, daß wir nie mehr mit Hilda gesprochen hätten, wir hätten sie nicht mehr gemocht.

Die Seele des Kalifen

Es gibt die Geschichte vom Kalifen, der mit seinen Leuten durch die Wüste reitet und plötzlich vom Kamel steigt, sich auf den Boden setzt und sagt: »Wir müssen hier lange warten, wir sind zu schnell geritten, unsere Seelen sind nicht so schnell, und wir müssen hierbleiben, bis sie uns wieder eingeholt haben.«

Ich muß jedesmal daran denken, wenn ich fliege. Es gibt dann etwa die Schwierigkeiten mit dem Zeitunterschied. Ich bin gegenwärtig in Amerika, das ist weit weg von der Schweiz, einige tausend Kilometer, aber das sind auch nur acht Stunden. Zürich wäre von Solothurn aus in dieser Zeit leicht mit dem Fahrrad zu erreichen, sogar gemütlich und mit Pausen.

Ich fürchte mich nicht vor dem Fliegen, aber ich habe immer ein wenig das Gefühl von Unanständigkeit, wenn ich es tue. Ich bin in acht Stunden der Sonne um sechs Stunden vorausgeeilt. Der Kalif würde unter solchen Bedingungen wohl nicht mehr daran glauben, daß ihn die Seele je wieder einholen könnte.

Bin ich nun sechs Stunden von Solothurn entfernt? Oder acht Stunden? Oder Tausende von Kilometern? Ich weiß es nicht. Aber der Kalif hat recht, die Seele wird in den zwei Monaten wohl nie recht ankommen. Ich meine nicht die

Schwierigkeiten mit dem Zeitunterschied. Ich meine auch nicht Heimweh – zwei Monate von all dem weg sein, was man gewohnt ist, das ist auch befreiend, und es gefällt mir hier. Es ist zwar ein eigenartiges Amerika oder eigentlich ein nicht eigenartiges Amerika, in dem ich hier lebe: in Vermont. Die grünen Berge von Vermont sehen aus wie unser Jura, ich erkenne die Hasenmatt, den Weißenstein. Hier hat offensichtlich derselbe Bergbauer gewirkt wie bei uns – ich meine mit Bergbauer jenen, der die Berge gebaut hat.

Und ich lebe hier in einer eigenartigen Situation: ich unterrichte an einer Sommerschule für Fremdsprachen. Man hört hier am College Chinesisch, Japanisch, Russisch, Spanisch, Italienisch und Deutsch, alles mit ein wenig amerikanischem Akzent – aber kein Wort Amerikanisch. Die Studentinnen und Studenten unterschreiben ein Versprechen, sieben Wochen nur die Fremdsprache zu sprechen, keine englischen Zeitungen zu lesen, kein Radio zu hören, kein Fernsehen zu schauen. Man sieht zwei amerikanische Studentinnen, die privat zusammen deutsch reden mit Hilfe von zwei Wörterbüchern. Die eine sucht ein deutsches Wort, sagt es, und die andere sucht in ihrem Wörterbuch, was es heißen könnte auf englisch. Alle halten sich an dieses Versprechen. Sie leben ohne Nachrichten, ohne Weltgeschehen, ohne Sportresultate. Das ist fast unmenschlich, und ich habe nun damit begonnen, früh am Morgen die New York Times zu lesen und die Studenten über das Wichtigste auf deutsch zu orientieren.

Und genau da beginnt die Schwierigkeit mit der Seele des Kalifen. Ich kann plötzlich die Wichtigkeit der Meldungen nicht mehr richtig einschätzen. Ich lese von China, und ich lese von Gorbatschow, ich lese von Tennis und kann es auch sehen am Fernsehen, ich höre von der Tour de France und von Südafrika, und alles ist weit weg – alles ist genausoweit weg wie die Schweiz. Die Nachrichten sind genau dieselben wie die, die man in der Schweiz hat, aber mir fehlt die Stimmung, sie einschätzen zu können, mir fehlen die Stimmen – die Stimmen und Meinungen meiner Freunde zum Beispiel. Es ist nicht etwa die Distanz zwischen China und hier, die die Aktualität relativiert – es ist nur die Distanz zwischen hier und der Schweiz.

Ich höre hier auch den Schweizer Kurzwellensender. Ich staune, daß mein kleines Taschenradio den Empfang schafft, ein technisches Wunder. Alina Kunz spricht in Bern in ein Mikrophon, und ich höre das hier. Ich verpasse fast keine Sendung, aber die technische Faszination überschattet die wirklichen Nachrichten. Ich höre nur Radio – Radio Schweiz International – und nicht eigentlich die Nachrichten. Ich glaubte zuerst, daß die Nachrichten schlecht gemacht sind. Inzwischen weiß ich, daß sie von hier aus nicht richtig einzuschätzen sind.

Fremd sein, ein Fremder sein, das heißt auch außerhalb der Aktualität leben. Es würde mich nicht wundern, wenn sich das nur auf schweizerische Aktualität beziehen würde – aber eigenartigerweise bezieht es sich auf alle Aktualität, auf das ganze Weltgeschehen. Daß die Schweizer Aktualität ein bißchen kleiner wird, das ist fast befreiend. Ich freue mich darüber, daß ich hier erklären muß, wo Solothurn liegt – es wird so schön klein und unbedeutend dabei, jenes Solothurn, das mir sonst dauernd so nah auf der Haut ist. Aber wenn mir Solothurn nicht auf der Haut ist, dann ist es die Weltaktualität auch nicht mehr.

Die Heimatlosen leben außerhalb der Aktualität.

Ich habe meine Heimat dort, wo ich die Aktualität einschätzen kann. Nur zu Hause ist die Aktualität hautnah. Das hat mit Patriotismus nichts zu tun. Aber wer Heimat verliert, verliert auch sein Verhältnis zur Welt.

Der Glücklichste

Radio-Nachrichten vom 30. Juli 1988: von morgens früh bis abends spät jede Stunde derselbe Satz, der eigentlich nicht so recht zu den übrigen Nachrichten passen wollte: »Der Glücklichste dürfte der sein, der im vergangenen Jahr 4,5 Millionen gewann.«

Es ging dabei um den Jahresbericht der Lotto-Gesellschaft. Das Wort »dürfte« hat mir so gefallen, es ist so sanft und zögernd, und daß der Gewinner wirklich der Glücklichste ist, das bleibt eine Vermutung – und daß es nur eine Vermutung war, das ließ den Satz so aus dem ganzen Nachrichtentext herausfallen. Ich bin im Verlaufe des Tages richtig süchtig geworden auf den Satz, verpaßte die Nachrichten Stunde um Stunde nicht und hörte den Satz von verschiedenen Stimmen gesprochen und betont immer wieder: »Der Glücklichste ...«

Und ich stellte mir vor, wie er – der Glücklichste – selbst am Radio saß und sich seinen Satz anhörte und vielleicht Ärger hatte mit einem Aktienpaket, auf dem er hunderttausend verlor, mit einem Mieter, der nicht bezahlt, mit einem Sohn, der die Lehre aufgibt, mit einer Frau, die ihn nicht sehr liebt und lieber eine Jacht möchte. Aber er ist jetzt der Glücklichste, und sein Unglück fällt nicht mehr ins Gewicht. Man beneidet ihn, also darf er nicht mehr klagen.

»Geld macht nicht glücklich, aber es beruhigt«, sagt man. Ob das bei soviel Geld auch noch so ist? So viel Matratzen, die man damit kaufen könnte, bringen wohl doch nicht einen gesunden Schlaf.

Da hat der Nachrichten-Redaktor vielleicht etwas verwechselt. Er wollte wohl schreiben: »Am meisten Glück gehabt hat jener, der 4,5 Millionen gewann.«

Die Formulierung »Glück gehabt« ist eigenartig, denn

das ist immer Vergangenheit. Man hat es, und es ist vorbei, im gleichen Augenblick sozusagen.

Kürzlich hatte ich Glück: ein fürchterlicher Sturz mit dem Velo, und ich hatte nicht die geringste Verletzung. Das Velo sah ziemlich bös aus und mußte repariert werden. Ich hatte Glück, und ich hätte jetzt Grund genug, glücklich zu sein. Aber es ist alles wie vorher – dieselben Sorgen wie vorher. Hätte ich Unglück gehabt und mich schwer verletzt, es wäre jetzt nichts mehr wie vorher. Ich könnte immer noch im Spital liegen, bemitleidet werden und mich selbst bemitleiden. Es wäre alles ganz anders, wenn ich Unglück gehabt hätte. Aber weil ich Glück gehabt habe, ist immer noch alles gleich. Sogar die Brille habe ich eine Stunde später am Sturzort gesucht und wiedergefunden, und sie war noch ganz – ich hatte Glück.

Es ist doch sehr eigenartig, daß »Glück haben« nicht glücklich macht, aber »Unglück haben«, das macht unglücklich.

Hans im Glück hat in einem Märchen sein Gold gegen eine Kuh, seine Kuh gegen einen Esel, seinen Esel gegen – usw. eingetauscht, und er war am Schluß glücklich. Glück gehabt aber haben all jene, die mit ihm getauscht haben. Die haben ein gutes Geschäft gemacht und waren jetzt reicher.

»Glück haben« und »glücklich sein« ist nicht dasselbe. Aber die Lottospieler spielen nicht etwa, um Glück zu haben, sondern um glücklich zu sein – da sind sie offensichtlich im falschen Spiel. Glück haben ist immer sehr kurz: das waren nur etwa zwei Sekunden, als ich Glück hatte bei meinem Sturz mit dem Fahrrad.

Ich könnte jetzt eigentlich ein Leben lang nichts tun und nur noch glücklich sein darüber, daß ich noch lebe und mir nicht das Genick gebrochen habe. Ich könnte herumgehen und allen sagen, ich lebe noch, das macht mich glücklich. Und wenn mich einer fragen würde, wie es mir gehe, dann würde ich sagen: »Ich bin glücklich!«

Dann würde der andere sagen: »Aber das Waldsterben und die Arbeitslosen und das Ozonloch und die Flüchtlinge und Nicaragua und die Neonazis und die Zukunft und die Zukunft und die Zukunft« – und ich würde mich schämen, glücklich zu sein und nichts zu tun.

Einem König, wieder im Märchen, der sehr unglücklich war, wurde empfohlen, das Hemd eines Glücklichen zu tragen. Er schickte seine Knechte aus, den Glücklichsten im Lande zu suchen (»Der Glücklichste dürfte der sein, der im vergangenen Jahr 4,5 Millionen gewann«), aber als die Knechte ihn fanden, da besaß er kein Hemd: eine schöne Geschichte, mir hat sie sehr gefallen als Kind.

Aber wir leben nicht so. Wir haben uns alle darauf eingelassen, nur noch darauf eingelassen, Glück zu haben. »Glücklich sein«, das haben wir hier und heute längst aufgegeben. Der Glücklichste ist nur noch der, der »Glück gehabt hat«, das ist zuwenig. Und jener, der 4,5 Millionen gewonnen hat, wird längst gemerkt haben, daß 4,5 Millionen zuwenig sind.

Wohnen im Gewohnten

Der Veranstalter einer Lesung in Deutschland sagte mir am Telefon: »Sie wohnen im Schwarzwälderhof.«

So sagt man halt das auf deutsch. Aber in mir bäumt sich etwas auf, wenn ich das höre. Ich kenne die Hotels und hatte noch nie die Absicht, in einem Hotel zu wohnen. Nein – ich weigere mich, ich werde im Schwarzwälderhof nicht wohnen, ich werde nur im Schwarzwälderhof sein, ich werde dort nur übernachten.

Wohnen ist etwas ganz anderes, wohnen ist das Gewohntsein. Wo ich meine Gewohnheiten habe, da wohne ich – da, wo ich die Gewohnheit habe, mich in der Küche nach rechts zu bücken, wenn ich was zu essen suche, nach links auszustrecken, wenn ich einen Teller brauche. Sehr wahrscheinlich ist meine Küche auch falsch organisiert, aber genau das macht sie zu meiner Küche, ich bin es so gewohnt.

Als vor dreißig Jahren die alte Mostwirtschaft in der Stadt abgerissen wurde – eine Wirtschaft, in der nur noch ein paar Trinker saßen, die ihr rotes Taschentuch um den Hals legten, in die rechte Hand den einen Zipfel und das Schnapsglas, in die linke Hand den anderen Zipfel nahmen und so das Glas langsam hochzogen, um das Zittern der Hand zu überlisten: als ihre Wirtschaft abgerissen und durch ein neues Restaurant ersetzt wurde, da kamen in den ersten Tagen noch zwei, drei jener Trinker und suchten im ganz anderen Restaurant den Ort, wo sie vorher saßen – den exakten geographischen Punkt sozusagen, dort, wo vorher der Ofen stand, und sie versuchten, am selben Ort zu sitzen.

In Biel gibt es ein Haus aus Glas und Stahl mit einem ganz kleinen Messingschild hoch oben. Darauf steht, daß Robert Walser hier gelebt habe – genau an diesem Ort und genau auf dieser Höhe.

Ich kannte eine alte gebückte Frau, die sich an jedem schönen Tag unter einen uralten Birnbaum setzte, der keine Früchte mehr trug. Sie setzte sich unter ihren Birnbaum, der einmal vor einem Bauernhaus stand. Inzwischen stand er auf einem Parkplatz, mitten zwischen den Autos, am selben Ort wie vor fünfzig Jahren – am selben Ort?

Kürzlich sagte mir ein Auswärtiger, daß Solothurn sehr »heimelig« sei. Er gehe gern durch diese Stadt mit den schönen Häusern, den Fensterläden und den Geranien vor den Fenstern. Ich hatte Mühe, ihm die Wahrheit zu sagen. Denn mit »heimelig« meinte er ja nichts anderes als wohnlich. Wo es Fensterläden gibt und Geranien, da wohnt jemand.

Ich sehe das auch so, wenn ich durch andere Städte gehe. Aber »wohnen« wird in unseren Städten nur noch an den Fassaden nachgeahmt. Man wohnt in diesen Städten nicht mehr. Der Boden ist zu teuer zum Wohnen, auf diesem teuren Boden kann man nur noch Geld verdienen, wohnen kann man da nicht mehr.

Es ist noch nicht lange her, da war die Altstadt jener Teil der Städte, wo die alten Häuser standen, die unbequemen und engen Häuser, und in den Altstädten wohnten die Armen. Das Wort »Altstadt« meint heute etwas ganz anderes. Es meint nur noch Fassadenmuseum, und da und dort bezeichnet man dieses verlogene Museum als den »historischen Kern« und vergißt dabei, daß der historische Kern einer Stadt einmal etwas ganz anderes war. Es war die Idee, zusammen zu wohnen, sich mit einer Mauer zu schützen. Unsere Städte sind gar keine mehr. Sie tun nur noch so. Und die Mauern haben die Städte nicht geschützt. Wir haben unsere Städte verkauft.

Aber immer noch gibt es Leute, die entsetzt sind, wenn ein Metzger seinen Laden schließt und eine Boutique einzieht oder ein Schuhladen, denn Boutiquen und Schuhläden haben wir inzwischen genug. Ein Ladenbesitzer hat mir kürzlich erzählt, es sei eigenartig, immer wenn wieder einer mehr eröffne, steige sein Umsatz.

In einer Stadt früher wäre das wohl nicht so gewesen. Aber heute sind das keine Städte mehr, das sind nur noch Einkaufszentren, und der neue Laden lockt neue Kunden ins Zentrum. Davon profitieren die alten Läden auch.

Städte sind mehr und mehr nichts anderes als Einkaufszentren geworden wie jene schrecklichen Hallen, die irgendwo auf dem Land stehen. Aber es sind Einkaufszentren in einem historischen Rahmen, sie tun so heimelig und wohnlich.

Ich glaube, nichts ist dem modernen Menschen in unserer Gegend so sehr mißlungen wie das Wohnen. Wir sind es nicht mehr gewohnt. Und nicht nur unsere Städte ahmen Wohnen nur noch nach, wir alle wohnen nicht mehr so recht und sind dauernd darum bemüht, Wohnen nachzuahmen – schönes, gemütliches altes Wohnen. Möbelhauskataloge bieten diese Nachahmung an. Daß uns das Wohnen nicht mehr gelingt, das scheint mir allerdings ein Schaden zu sein, der nie mehr wiedergutzumachen ist. Wir haben uns in den letzten dreißig Jahren endgültig entwohnt.

Und nur noch in der Beiz, in der kleinen Beiz, erlebe ich nostalgisch noch ein bißchen städtisches Wohnen, ein bißchen Zusammenrücken. Die Beiz aber steht auf demselben teuren Boden und wird morgen, übermorgen schließen.

Die eigene Meinung

Er habe seine eigene Meinung über Korea, sagt jemand, er gebe nichts auf Zeitungen, Radio und Fernsehen. Er könne sich seine Meinung schon selbst bilden.

Ich stehe ihm etwas hilflos gegenüber, ich kann ihm kaum antworten. Ich war vor zwei Jahren in Korea, fast zwei Monate lang, und ich habe dort gearbeitet, in Schulen und Universitäten, und ich habe mit Leuten gesprochen, mit Studenten, mit Lehrern, mit Europäern, die schon lange dort leben. Hätte ich aber Korea nur gesehen, hätte ich nur zugehört und Fragen gestellt, ich wüßte wenig.

Ich könnte sagen, Korea ist schön, Seoul ist sauber, die Leute sind freundlich, die koreanische Küche ist gut: das könnte ich sagen. Korea hat mich aber beeindruckt. Das meine ich nicht nur positiv: hinter der strahlenden Fassade gibt es viel Schreckliches. Es blieb mir nichts anderes übrig, als mit Lesen zu beginnen. Und was ich heute ein bißchen weiß über Korea, das habe ich alles gelesen und gelernt.

Nein, ich will hier nicht über Korea schreiben. Ich habe im Vorfeld der Olympischen Spiele verschiedene Anfragen von Zeitungen bekommen, ob ich nicht etwas darüber schreiben möchte. Ich habe das nicht getan, denn ich habe zuviel darüber gelesen, und ich weiß zuwenig. (Ich halte es, nebenbei, immer noch für ein Verbrechen, in diesem Land Olympische Spiele durchzuführen – aber nur nebenbei.) Richtig gelernt, das ist mein Stolz, habe ich nur, koreanische Buchstaben zu lesen und zu schreiben. Ich kann zwar kein Wort Koreanisch, immerhin, die Buchstaben kann ich. Und von der grauenhaften Politik Koreas habe ich auch gehört und von der grauenhaften Unterdrückung der koreanischen Frau.

Aber ich bin kein Fachmann. Alles, was ich weiß über Korea, das habe ich gehört und gelesen. Ich war zwar zwei Monate da, aber ein Land, eine Politik, ein Leben sehen – das kann man gar nicht.

Ich weiß zuwenig.

Und nun sitzt mir einer gegenüber, der seine Meinung hat über Korea und der von sich sagt, daß er dem Radio, dem Fernsehen, den Zeitungen nicht glaubt. Er lese die Zeitungen kaum, sagt er, aber er habe schon seine Meinung.

Die Zeitungen sollte man alle verbieten, sagt ein anderer am Tisch (er sagt das in der Schweiz, in einem demokratischen Land). Die Zeitungen manipulieren nur. Diese zwei Begriffe kennen die beiden: »Eigene Meinungsbildung« und »Manipulation«. Sie sind überzeugt, daß sie alles, was sie wissen, von innen heraus wissen. Sie sagen, zum Beispiel, daß sie über den Trainer der Eishockey-Nationalmannschaft ihre absolut eigene Meinung hätten und daß sämtliche Sportjournalisten nur Blödsinn darüber schrieben.

Woher wissen sie überhaupt, wie er heißt, was er für Marotten hat und was für Stärken?

Ich wußte zwar schon vor zwei Jahren, wie man Seoul

ausspricht. Ich wußte auch, daß das in zwei Jahren, mit den Olympischen Spielen, alle wissen werden. Aber inzwischen behaupten alle, man hätte das schon immer so ausgesprochen, nur am Radio sei es früher falsch gesagt worden.

»Wir haben uns unsere eigene Meinung gemacht – wir brauchen keine Journalisten.«

Im Augenblick lebt die ganze Schweiz in Südkorea. Und wie das ist mit Südkorea, das ist allen klar. Deshalb ist es für mich, weil ich mal da war, ziemlich schwer, unter all den Sachverständigen zu sitzen. Ich selbst könnte diese Zeilen nicht schreiben, wenn ich es nicht gelernt hätte. Ich habe auch nur gelernt, daß eine Diktatur etwas Schlimmes ist. Nicht mein Herz weiß das, sondern mein Kopf und mein Kopf hat alles nur gelernt. Jedes Wort, das hier steht, hat er gelernt.

Korea hat jedenfalls vor zwei Wochen noch nicht zur eigenen Meinung der beiden in der Beiz gehört. Inzwischen tun sie so, als hätten sie eine eigene Meinung. Ich staune darüber und erschrecke. Nicht einmal meine »eigene« Meinung über die Schweiz, über Solothurn, über Bellach, ist meine eigene. Ich habe nicht nur hier gelebt und geschaut, sondern ich habe auch gehört und gelesen darüber.

Aber nun gut. Soll man wirklich den beiden die Schuld dafür geben, daß sie so sehr von ihrer eigenen Meinung überzeugt sind? Oder ist es nicht viel eher das Versagen von Fernsehen und Presse und Boulevardpresse, die so lange nur »Bildchen« liefern – auch geschriebene Bildchen –, daß jeder glaubt, er sei selbst in Korea und hätte seine Meinung schon. Und wenn man ihn dann endlich orientieren möchte, dann weiß er bereits mehr, weiß zum Beispiel seit Jahren, daß der Nationaltrainer nichts taugt, und ist überzeugt, daß er das nicht von den Medien weiß.

Der bewaffnete Kindergärtler

Er hatte seinen Übernamen aus dem Kindergarten, und später erkannte wohl niemand mehr seine ursprüngliche Bedeutung. Wir nannten ihn »Chnüppu«, was zwei Bedeutungen haben kann, nämlich »Knoten« oder »Knüttel«. Als er größer und lauter wurde und uns oft terrorisierte, da dachte man wohl eher an »Knüttel«, wenn man ihn so nannte, und er begann, seinen Übernamen zu lieben, weil er ihm den Schein von Größe und Macht gab.

Im Kindergarten aber noch verprügelte er uns, wenn wir ihn so nannten, denn ursprünglich hatte sein Übername die Bedeutung von »Knoten«. Denn oft saß er vor oder nach dem Kindergarten auf dem kleinen Bänkli, versuchte verzweifelt, seine Schuhe an- oder auszuziehen, und schrie: »Frölein, Chnüppu!« Die Kindergärtnerin wollte ein »Bitteschön«, ein »Würden Sie vielleicht« oder so etwas, aber das konnte er nicht, das hatte er nicht gelernt. So saß er dann eine halbe Stunde da, weinend und tobend, und schrie sein »Frölein, Chnüppu!«

Auf dem Heimweg aber war er unser Anführer, groß, stark und gefürchtet. Und weil er so groß und stark war, waren wir es auch.

Er war auch jener, der uns erklärte: »Wenn ein böser Mann kommt, dann muß man nur mit der rechten Hand an die Gesäßtasche greifen, dann glaubt der, man hätte eine Pistole, und dann fürchtet er sich und tut einem nichts.«

Und das taten wir, und es nützte immer wieder, und wir zweifelten nicht daran – kleine Kindergärtler, die glaubten, daß jemand daran glauben könnte, daß sie schwer bewaffnet sind. Ich erinnere mich, wie einmal – als wir alle so die Hand auf der Gesäßtasche hatten – ein Erwachsener zufällig auf die andere Straßenseite wechselte: das war uns Beweis genug.

Seit uns Chnüppu diesen Trick beigebracht hatte, von da an ist uns wirklich nie mehr etwas passiert. Keiner von uns hätte daran gedacht, daß uns auch vorher nie etwas passiert war – ganz einfach deshalb, weil uns auf der Straße nur gewöhnliche und meist freundliche Menschen begegneten. Seit wir aber »bewaffnet« waren, begegneten wir nur noch Gangstern und Verbrechern und Räubern und Agenten – und wir kamen wirklich durch, wir bestanden ein ganzes Jahr lang den Schulweg siegreich.

Wollen wir jetzt über Landesverteidigung sprechen? Nein, das wollen wir nicht, das wäre zu einfach, und wer es tun will, kann es selbst tun. Auch darüber, daß »Chnüppu« eine Memme war, einer, der nicht einmal die Schuhe binden konnte – auch darüber gibt es nicht viel zu sagen, höchstens, daß es wohl selbstverständlich ist, daß sich die Feiglinge gut als Führer eignen. Was mich erschreckt, ist nur, daß ich als Sechsjähriger eine »Waffe« trug.

Ein ehemaliger und reuiger Terrorist, der jahrelang im Untergrund lebte und auf der Flucht, hat einmal in einem Interview gesagt daß er gelernt habe, auf der Straße jedem Menschen anzusehen, ob er eine Waffe trage. Er könne zwar nicht beschreiben, wie die gehen, aber die gingen ganz anders als Unbewaffnete, weil sich kein Mensch je daran gewöhnen könne, eine Waffe zu tragen, und weil keiner, der eine trägt, nicht dauernd daran denken müsse.

Liegt es vielleicht daran, daß einer, der eine Waffe trägt, auch Feinde haben muß? Wir kleinen Kindergärtler jedenfalls hatten Feinde, nur noch Feinde, und wenn wir auch wußten, daß Chnüppu ein mieser Schwächling war, wir waren trotzdem stolz, so stark zu sein wie er. Die Straße gehörte uns.

Und selbstverständlich griffen wir nicht an unsere Gesäßtaschen, wenn Herr Benz oder Herr Zwahlen oder Herr Moor vorbeigingen. Die kannten wir ja, und die grüßten wir freundlich, das waren unsere Nachbarn.

Und in Wirklichkeit hat Chnüppu nicht gesagt »Wenn ein böser Mann kommt«, sondern er hat gesagt »Wenn ein fremder Mann kommt«, und diese Formel – ein Fremder – war uns bereits als Warnung bekannt. Die Mutter hatte immer vor Fremden gewarnt. Was hätte sie sich wohl gedacht, hätte sie gewußt, daß ihre kleinen, netten Kinder bereits »schwer bewaffnet« sind, daß sie bereits so gehen, wie das der ehemalige Terrorist beschrieb, daß ihre Kinder Unschuld und Sanftmut bereits aufgegeben haben.

Chnüppu ist wohl wie ich inzwischen über fünfzig. Ich weiß nicht, wo er wohnt, ich weiß nicht einmal mehr, wie er in Wirklichkeit hieß, aber ich frage mich ab und zu, ob er wohl seine »Pistole« immer noch in seiner Gesäßtasche trägt. Und während ich das geschrieben habe, habe ich oft an meine Gesäßtasche gegriffen; mir scheint, da ist immer noch was drin.

Könnte es sein, daß ich nach dem Kindergarten vergessen habe, die »Waffe« aus der Tasche zu nehmen? Könnte es sein, daß uns nur diese »Waffe« so vorschnell fremdenfeindlich sein läßt? Wer eine Waffe hat, braucht Feinde, und ich möchte gern wissen, was Chnüppu heute von Fremden denkt – von Asylanten zum Beispiel.

Was halten Sie von der Welt?

In der Eisenbahn sagt mein Nachbar plötzlich: »Sagen Sie mal, kommt das oft vor, daß man Sie erkennt und daß Sie angesprochen werden?«

Ich weiß nicht, was ich antworten soll. Soll ich sagen »Oft« oder soll ich sagen »Selten« oder »Nie«; ich bin etwas verlegen, aber ich möchte freundlich sein.

Das fällt mir bei seiner nächsten Frage noch schwerer. Er

sagt: »Sagen Sie mal – wenn Sie schon da sind – was halten Sie von der Welt?«

Auf diese Frage gibt es allerdings wenig zu antworten. Ich bleibe bei einem »Ja, schon – schwierig, schwierig« stecken, und das ist sein Stichwort. Er beginnt nun loszuschimpfen auf diese Welt: die Langhaarigen, die Drogensüchtigen, die Hascher, die Asylanten. Ich versuche, beim Stichwort »Drogen« von den Schweizer Banken zu sprechen, die Geld waschen für die Drogenhändler, aber davon will er nichts wissen. Gegen Geld hat er gar nichts, und gegen Geld, das mit Drogen verdient wurde, hat er wohl auch nichts – vielleicht nicht einmal etwas gegen die Drogen, nur gegen die Drögeler und die Dealer.

Wenn mich jemand fragt »Was halten Sie von der Welt«, dann verstehe ich das als politische Frage oder als wirtschaftliche oder als gesellschaftliche. Davon will er nichts wissen. Sein Problem ist nur die sogenannte »heutige Jugend«, und den Namen Kopp erwähnt er auch – da sei er nun allerdings dafür, daß das aufgeklärt werde. Ich sage ihm, daß ich jetzt nicht Kopp gemeint hätte, sondern die Schweizer Banken und die Schweizer Gesetze und das Schweizer Verständnis von Moral, von Legalität. Ich möchte mit ihm über Politik sprechen, aber er sagt nur, in seiner Familie käme das nie vor – das mit den Drogen, da werde er persönlich dafür sorgen.

Ich frage ihn nicht, wie er das persönlich machen würde. Aber ich finde seine Sicherheit, daß er das könnte, brutal – ebenso brutal wie die Sicherheit der Banken, die das auch können, die nur mit der Ware »Geld« umgehen und nicht wissen müssen, mit was für Waren dieses Geld verdient wurde. Das heißt nichts anderes als unmoralisch handeln. Und der Einwand der Banken ist berechtigt, sie handeln legal, und sie glauben, daß legal handeln und moralisch handeln dasselbe seien.

Was denkt eigentlich ein höherer Bankangestellter, der

Drogenprobleme in seiner eigenen Familie hat? Ich möchte ihm hier nicht auf der Seele rumtreten, er hat es schwer genug, und ich meine nicht, daß er seinen Job verlassen müßte. Aber was sein Sohn oder sein Enkel tut, das ist illegal: was der Bankbeamte tun muß, das ist legal. Die reichen Kunden auf seiner Bank sehen nicht so aus wie sein drogenabhängiger Enkel, das sind gepflegte Geschäftsherren mit Umgangsformen. Der Bankbeamte wird nie einsehen dürfen, daß das Geld, das er in Empfang nimmt, jenes ist, das sein Enkel bitter zusammengedealt hat.

Lassen wir mögliche Steuerhinterziehungen für einmal beiseite. Ich traue Herrn Kopp zu, daß er sich in und an den Rändern der Legalität bewegt; schließlich kann er nichts dafür, wenn mitunter auch Unmoralisches legal ist. Dafür sind ganz andere verantwortlich, die Politiker und auch die Justizministerien – ein Interessenkonflikt also? Ja, ein Interessenkonflikt zwischen Moral und Legalität.

Schade, daß man nur deshalb immer so viele Gesetze erlassen muß, weil Legalität und Moral verwechselt werden. Schade, daß die Justizministerin Kopp das ihren Freunden nicht auf anderen Wegen beibringen kann. Sie wird also das Gesetz erlassen, und ihr Mann wird sich bestimmt daran halten – viel staatlicher Aufwand für eine private Sache.

Denn viel schlimmer an der Sache ist, daß unsere Banken wieder einmal schön sauber dastehen. Niemand spricht von ihrem Verständnis von Moral und Legalität. Wir haben einen Namen gefunden, und die Schweiz ist in Ordnung. Das politische Problem ist weg, es ist nur noch ein persönliches.

In der Schulkommission in Lommiswil vor dreißig Jahren saß ein Mann namens Noth, er war ein politischer Hitzkopf und Aktivdienstpatriot und noch viel mehr. In jeder Sitzung hat er sich wortreich darüber aufgeregt, daß die Schüler rauchen. Nun hatte er aber ein Lädeli, in dem man einzelne Zigaretten kaufen konnte.

Ich sagte also: »Sie müssen nur aufhören, einzelne Zigaretten zu verkaufen«, und er sagte: »Genau deshalb weiß ich doch, daß die Schüler rauchen.«

»Also lassen Sie es«, sagte ich.

Und er sagte: »Geschäft und Schulkommission sind zwei Dinge.«

Ich fand das damals unmöglich. Inzwischen weiß ich, daß ich im Unrecht war.

Drogen und Geld, das sind auch zwei Dinge. Der Bankbeamte und sein sterbender Enkel, das sind auch zwei Dinge, und sie sind schon äußerlich recht gut voneinander zu unterscheiden. Denn immerhin sind jene, die Geld haben, gepflegt, und sie haben Kultur. Was für eine Kultur?

Die Männer der Frauen

Einer sagt: »Die werden keine Frau mehr wählen«, und ich frage zurück, ob er meine, daß sie jetzt keine Frau wählen werden oder überhaupt nie mehr.

Nein, es werde gar nie mehr eine Frau gewählt werden, meint er, man habe ja jetzt gesehen, was da passiere.

Dann sagt er noch zögernd: »Ja, vielleicht in vielen Jahren wieder einmal, aber die muß dann ledig sein.«

Er verlangt also das Zölibat für Bundesrätinnen. Es macht den Männern offensichtlich Schwierigkeiten, daß die Frauen verheiratet sind, nämlich mit Männern verheiratet sind. Männer sind jedenfalls nicht mit Männern verheiratet, das unterscheidet sie von Frauen.

Er sagt: »Das würde jedesmal dasselbe sein mit einer verheirateten Frau im Bundesrat. Die würde das immer ihrem Mann sagen, und der würde dann immer Geschäfte machen.«

Das glaubt er wirklich, und ich streite mit ihm. Aber es ist nutzlos. Er kann sich Frauen in der Politik nicht vorstellen, weil diese Frauen Männer haben oder Männer haben wollen oder keine Männer haben wollen: das ist für ihn alles dasselbe. Nein, ich kann und ich will ihn nicht verstehen.

Ein paar Stunden später – immer noch am Tage des Rücktritts der Bundesrätin – treffe ich einige ältere Herren an einem Stammtisch, und die behandeln das Thema bereits etwas fröhlicher, nämlich frivol. Es ist unnötig, hier wiederzugeben, was sie erzählten, halt etwa so das, was Männer erzählen: jedenfalls keineswegs unglücklich darüber, daß man die Frau wieder weg hat.

Aber dann schimpfen sie doch noch laut und hart über den Ehemann der Zurückgetretenen, erwähnen seine möglichen Steuerhinterziehungen, und der, der am lautesten schimpft, ist nicht nur ein Mann, der Geschäfte macht, sondern auch ein Geschäftemacher. Es ist anzunehmen, daß er das mit den Steuern auch kennt. Ich sage, daß er wohl jedenfalls nicht geeignet wäre als Ehemann einer Bundesrätin, und er nimmt das fröhlich entgegen und sagt: »Das wird mir auch nicht passieren.« Dann schneidet er noch ein bißchen auf mit seinem Reichtum und sagt noch, daß einer, der so wenig verdiene wie ein Bundesrat, ohnehin nichts tauge.

Dann wird das Thema gewechselt.

Ich denke jetzt wieder an jenen, der gesagt hat, man könne keine Frauen wählen, weil sie mit Männern verheiratet seien. Nach dem Gespräch mit den Herren Männern bin ich gar nicht mehr so sicher, ob er nicht zufällig fast recht hatte. Und ich überlege nun bei jedem, den ich sehe, bei jedem Aufschneider, bei jedem Aufsteiger, bei jedem Kraftprotzen, bei jedem Trinker, bei jedem Geschäftsmann überlege ich, ob er geeignet wäre zum Ehemann einer Bundesrätin. Ich habe bis jetzt noch keinen gefunden, mich eingeschlossen, der geeignet wäre.

Eigenartig ist nur, daß einige unter ihnen trotz fraglicher Geschäfte und fraglicher Moral geeignet wären zum Bundesrat – nur zum Bundesratsgatten nicht. Denn es ist wohl ein Unterschied, ob ein Bundesrat einen befreundeten Geschäftsmann warnt oder eine Bundesrätin ihren Mann. Es ist ein Unterschied, ob ein Bundesrat unter seinen Freunden Steuerhinterzieher hat oder ob das den Mann einer Bundesrätin betrifft.

Die Frauen brechen das Spiel der Männer auf, das ist alles. Ohne sie hat es nämlich blendend funktioniert, das Spiel mit Korruption und Indiskretion, mit freundschaftlichem Hinweis, mit Steuertricks und mit augenzwinkernden Geschäften, mit Anwälten und Verwaltungsräten – nur eben, verwandt dürfen sie nicht sein, nur befreundet. Die Bundesräte haben zwar auch Frauen, aber diese gehören nicht in die Männerwelt – in jene Männerwelt, zu der die Bundesräte und ihre Freunde gehören. Der Mann der Bundesrätin aber gehört in diese Welt der geschäftemachenden Männer. Sein Stil unterscheidet sich nicht so sehr von anderen Stilen. Nur tun jetzt alle so, als wäre er der einzige. Er hat das Spiel verraten dadurch, daß er ungeeignet war als Ehemann einer Bundesrätin.

Ob wohl jene, die vor vier Jahren seine Frau für ungeeignet hielten, im Unterbewußten auch daran gedacht haben? Daran nämlich, daß in keinem Staat Beziehungskorruption auszuschließen ist; schließlich gibt es Freundschaften, und auch die Politiker haben Freunde.

Die Bundesrätin ist mit Recht zurückgetreten. Sie hat eine Beziehung zu ihrem Mann, auch zu seinen Geschäften. Diese Beziehung zu einem Mann ist amtlich durch Heirat verbrieft. Und Korruption ist in unserer korrupten männlichen Welt immer Beziehung zu Männern. Nur ist die Beziehung der Männer zu Männern nicht amtlich verbrieft und jederzeit vertuschbar.

Also gibt es nur eine wirkliche Lehre aus diesem Fall:

Wählt mehr Frauen, nur sie sind fähig, die Korruption der Männer sichtbar zu machen.

Die Rolle der Verantwortung

Jeder in Amerika geborene Amerikaner kann Präsident der Vereinigten Staaten werden, und es soll so sein, daß das jeder amerikanische Junge weiß und ab und zu davon träumt und daran denkt. Nach der Verfassung könnte zwar auch eine Frau Präsidentin werden, aber der entsprechende Traum ist wohl seltener.

Jeder Schweizer und jede Schweizerin können Bundesrat oder Bundesrätin werden, nach unserer Verfassung. Ich weiß nicht, ob dies auch ein schweizerischer Buben- und Mädchentraum ist – einmal Bundesrat zu werden. Ich glaube, der Traum ist bei uns seltener, vielleicht, weil das Amt bei uns etwas viel Pragmatischeres ist und viel weniger eine Legende.

Vor Jahren einmal hat ein Schweizer Schafhirte jedem National- und Ständerat einen persönlichen Brief geschrieben und sich als Bundesratskandidat empfohlen. Er hat also so wie ein junger Amerikaner den entsprechenden Verfassungsartikel als Versprechen verstanden und somit gedacht, daß seine eigene Chance dieselbe sein müßte wie die jedes anderen Schweizers.

Hie und da fällt er mir wieder ein, jener Schafhirte, und hie und da stelle ich mir vor, was eigentlich passieren würde, wenn man irgendeine oder irgendeinen zum Bundesrat machen würde.

Ich glaube zum Beispiel, daß unser Staat deshalb nicht zusammenbrechen würde, und irgendwie spricht das doch für diesen Staat. Die Maschine läuft, sie hat ihre Eigendynamik und läßt sich wohl nicht so schnell anhalten. Daneben gibt es aber die eigenartige Hoffnung – jedesmal wieder –, daß ein neuer Bundesrat alles ganz neu machen würde und alles anders und alles besser. Und einzelne Bundesräte kamen in diesen Verdacht durch ihre sympathische Ausstrahlung.

Eine Frau beschimpft mich am Telefon, weil ich etwas Unfreundliches über den Bundespräsidenten gesagt habe. Sie ist sehr aufgebracht und schreit, und dann wird sie plötzlich leise und sagt den wunderschönen Satz: »Er hat so viel Gutes für uns getan.« Ich wage sie nicht zu fragen, was denn dieses Gute sei. Meine Frage wäre zynisch, denn sie meint etwas anderes, sie meint Vertrauen: er ist ein guter, anständiger und freundlicher Mensch. Das ist er wohl auch, und die Frau hat ein Recht darauf, in ihn Vertrauen zu haben.

Eine langjährige Bundeshausjournalistin hat mir einmal gesagt, sie hätte jetzt schon viele gesehen, die gewählt wurden und die ihren Eid abgelegt hätten, und jedesmal sei es ihr so vorgekommen, als würden jene eine Linie, eine Grenze überschreiten und seien gleich ganz anders als vorher – nicht etwa schlechter oder besser, nur ganz anders.

Mein Freund hat viel später diese Linie überschritten und wurde Bundesrat. Ich habe dabei nicht die geringste Veränderung an ihm entdeckt, und er selbst bestimmt auch nicht. Und ich bin versucht, hier zu sagen, »im Gegenteil«, er wurde noch politischer, noch profilierter – also doch Veränderung?

Und später erkannte man nach und nach die Spuren des Amtes. Jeder Bürger weiß es, das ist harte Arbeit und viel Ärger und zuviel Verantwortung, und bei der Wahlannahme erklären die Gewählten auch ihre Bereitschaft, harte Arbeit und Verantwortung auf sich zu nehmen und zu wissen, daß Schweres auf sie zukomme.

Meine erfahrene Bundeshausjournalistin würde jetzt sagen: »Auch er hat die Linie überschritten.« Ich mache mir heute Vorwürfe, daß ich damals nicht erkennen konnte, wie diese Linie – das Überschreiten der Linie – verändert. Mein Freund begann daran zu leiden, ohne zu wissen, an was er leidet. Man übernimmt als Gewählter nicht nur ein Amt, eine Arbeit, eine Pflicht und die Verantwortung, sondern man übernimmt vor allem eine Rolle. Man ist nicht nur ein Bundesrat, sondern man hat auch einen zu spielen. Der ganze Körper, Scheitel und Krawatte, Stimme und Gang, Lächeln und Nachdenken gehören ab jetzt dem Staat. Die Sätze des neuen Bundesrates sind ab jetzt Sätze des Staates, und wenn er ab jetzt Velo fährt, dann fährt ein Bundesrat Velo, und wenn er einen Halben trinkt in der Beiz, dann trinkt ein Bundesrat einen Halben. Und wenn man Vertrauen hat in ihn, dann hat man auch Vertrauen in seine Stimme, in seine Brille, in seine Art, sich zu bewegen.

Diese Rolle ist hart und fast übermenschlich. Und es würde mich schon interessieren, wie ein einfacher Schafhirte diese harte Rolle erträgt. Wohl so schlecht wie alle anderen auch.

Denn es gibt nur eine Möglichkeit, sich gegen das Sterben in der Rolle zu wehren: wenn man das Stück, in dem man spielt, nicht voll glaubt, wenn man darauf verzichtet, dem Stück seinen Lauf zu lassen, darauf verzichtet, den Staat zu spielen. Nur Trotzige könnten das.

Ich weiß es

Es ist sehr laut in der Beiz, die Männer am runden Tisch schreien sich an. Ein Fremder oder Fremdsprachiger müßte annehmen, daß sie sich streiten, daß sie etwa politisch anderer Meinung wären, daß sie etwa für die Armee oder gegen die Armee wären, für das Geldwaschen oder gegen das Geldwaschen, für eine Partei oder gegen eine Partei.

Aber der Fremde würde sich täuschen. Sie streiten nicht, sie diskutieren auch nicht, sie interessieren sich eigentlich auch für nichts, und was für einen Fremdsprachigen als äußerst engagiert klingen müßte, das ist nichts anderes als das alltägliche Spiel hier am Tisch.

Es beginnt mit der Frage »Weißt du überhaupt?« oder mit der Beschimpfung »Du weißt ja nicht einmal«. Der eine sagt also: »Du weißt ja nicht einmal, wie die Serviertochter damals im ›Rößli‹ hieß«, und der andere sagt: »Doch, das weiß ich.«

»Also sag es doch, wenn du es weißt.«

Nein, Anita hat sie nicht geheißen, Trudi auch nicht, das war die andere. Und nun wird das Gespräch plötzlich zum harten Wettbewerb: wer es weiß, der ist gescheit, und wer es nicht weiß, der ist dumm. Man erzählt sich nicht etwa Geschichten von der Serviertochter, man spricht nicht davon, wie sie war, was für Eigenschaften sie hatte, wie lustig sie sein konnte. Es geht weder um eine Geschichte noch um eine Erinnerung, es geht nur darum, ob man weiß, wie sie hieß.

»Ich weiß genau, wann der Emil gestorben ist«, sagt der eine und nennt ein Datum.

»Nein, das muß länger her sein«, sagte der andere, und schon wird es laut am Tisch, und es geht nicht um den armen Emil, der wohl gerne älter geworden wäre und den alle hier gern hatten – es geht nur um das Datum. Schon werden die ersten Wetten angeboten, sozusagen in jeder Höhe, denn jeder hat die Pflicht, etwas nicht nur zu wissen, sondern auch an sein Wissen zu glauben. Der Streit um das Wissen des Todestages wird augenblicklich zum Glaubensstreit. Wer jetzt ein anderes Datum im Kopf hat, der gehört bereits einer anderen Kirche an, einer anderen Sekte, einer anderen Partei.

Mein Vorschlag, man könnte ja nachfragen, wie die Serviertochter geheißen habe, wann Emil gestorben sei, gilt hier als lächerlich und wird überhört. Es geht nicht um das Wissen, es geht nur um das Besserwissen, darum, daß es nur einer weiß, daß nur ein einziger gewinnen kann. Es geht nur um den Sieg, nur darum, der Gescheite zu sein. Und ein Gescheiter ist hier einer, der alles weiß.

Mich macht das furchtbar traurig, und weniges macht mich so hilflos wie dieser unsinnige Streit um irgendein unnötiges Wissen. Aber die Szene erinnert mich an etwas, an die Schule. Auch da fragte der Lehrer: »Wer weiß es«, und einer wußte es und war der Sieger.

Es kommt auch vor, daß das Spiel in der Beiz mit Schulwissen ausgetragen wird: »Du weißt nicht einmal, wann die Schlacht bei Morgarten war«, sagt jemand, aber der Fremde würde sich täuschen, wenn er glaubte, der Frager interessiere sich für Schweizer Geschichte. Er kennt nur dieses Datum (1315), und das kennt er nur, um einmal auch gewinnen zu können. Und wenn ich versuchen würde, ihm von Morgarten zu erzählen, dann würde er mich wohl entgeistert anstarren. Denn davon, daß man sich dafür interessieren könnte, hat er noch nie gehört.

Mit der Schule hat er wohl keine besonders guten Erfahrungen gemacht wie einige seiner Kollegen auch. Er war nicht jener, der etwas wußte. Das wäre nicht schlimm, aber er hat in der Schule nichts anderes gelernt, als daß es nur ums Besserwissen geht. Nicht jener, der sich für Morgarten interessiert, war der gute Schüler – nur jener, der Morgarten wußte. Vielleicht hat das der Lehrer gar nicht so gemeint, aber jener, der nie etwas wußte, hatte nichts anderes gelernt.

Nun ist er erwachsen, und auch er möchte ab und zu ein Sieger sein. Nun weiß er Dinge, die niemand sonst weiß – zum Beispiel, wie die Serviertochter hieß oder wer 1962 Schweizermeister war. Und wenn jemand fragt, wer war es denn 1963, dann sagt er so wie sein ehemaliger Lehrer: »Darum geht es jetzt nicht.«

Sie nennen das eine Diskussion, dieses klägliche alltägliche Quiz. Vielleicht kommt mal einer auf die Idee, hier über eine Initiative zu diskutieren, über das Problem der Drogen, über Flüchtlingsfragen. Aber er wird auch mit solchen Fragen nur auf diesen »Ich-weiß-es«-Wettbewerb stoßen.

Denn Diskussion heißt hier ausschließlich und nur: »Ich weiß es.« Deshalb werden große politische Fragen zu Glaubenskriegen – aus dem einzigen Grund, weil schon die Frage nach dem Namen der Serviertochter zum Glaubenskrieg wird. Wer es weiß, der hat gewonnen. Und für die kommenden Sieger gibt es keinen Anlaß, die Verlierer anzuhören. Das war schon in der Schule so, die richtige Antwort bedeutete Sieg.

Ob Demokratie unter diesen (schulischen) Bedingungen machbar ist? Jedenfalls ist die Diktatur des Volkes noch lange keine echte Demokratie.

Wortklaubereien

Ein Beamter muß aus Gründen, an denen er eigentlich keine Schuld hat, versetzt werden. Nun ist anzunehmen, daß seine Vorgesetzten eine Stelle suchen, die seinen Neigungen, seinen Fähigkeiten, seinem Interesse entspricht, und es ist wohl auch anzunehmen, daß die vorgesetzte Behörde das tut.

Nun steht aber in der Verlautbarung dieser Behörde etwas ganz anderes, was sie in Wirklichkeit nicht gemeint haben kann: »Der Bundesrat hat X eine Stelle angeboten, die ihm ähnliche Karrierechancen offenläßt wie die jetzige.«

Der Beamte X – den ich nicht kenne – müßte sich eigentlich gegen eine solche Formulierung verwehren. Schließlich ist er ein seriöser Fachmann und einer, der seine Arbeit mit Interesse tut. Nun bietet man ihm nicht eine Arbeit an, sondern nur eine Karriere. In einer Arbeit könnte er sich – und würde er sich wohl auch – bewähren. Und er wäre weiter brauchbar und würde vielleicht aufsteigen in eine noch wichtigere, noch verantwortlichere Arbeit.

»Karriere« ist etwas anderes. Das Wort kommt aus dem Französischen und meinte »Pferderennbahn« oder eben »Laufbahn«; im 18. Jahrhundert wurde es auch verwendet für die schnellste Gangart des Pferdes. Das ist doch beleidigend für einen seriösen Fachmann, der mit Überzeugung für diesen Staat arbeiten möchte.

Ja, das ist Wortklauberei. Es ist auch sicher, daß der Bundesrat das nicht so meint. Warum sagt er es dann trotzdem so? Vielleicht, weil er und viele im Bundeshaus ein bißchen zu militärisch denken, zuwenig an das Sein denken und zuviel an das Werden: Korporal kann man werden und dann Leutnant und dann Hauptmann und dann Major.

Offensichtlich gibt es im Staat Stellen (mit derselben Arbeit), die größere und kleinere Karrierechancen haben. Da sind offensichtlich so Röhren über diesen Stellen, durch die man kriechen kann oder eben nicht kriechen kann. Und selbst wenn es so wäre, fände ich es geschmacklos, wenn man es so formulieren würde: »Der Bundesrat hat X eine Stelle angeboten, die ihm ähnliche Karrierechancen offenläßt wie die jetzige.«

Das bestätigt doch nur den alten Verdacht der Leute, daß Beamte nichts sind, sondern nur etwas werden wollen. Ich halte diesen Verdacht für unberechtigt. Warum hält ihn der Bundesrat für berechtigt?

Kürzlich habe ich in einem Gespräch mit einem Freund einen gemeinsamen Bekannten des Ehrgeizes bezichtigt.

Mein Freund antwortete zu Recht: »Ehrgeiz ist wichtig, ohne Ehrgeiz geschieht nichts.«

Trotzdem, das deutsche Wort »Ehrgeiz« ist ein eigenartiges Wort. Mit was geizt man denn, wenn man »ehrgeizig« ist? Sollte es nicht besser »ehrsüchtig« heißen?

Ich habe in meinem Leben einige Karrieristen kennengelernt, und fast alle von ihnen waren abgrundtief geizig, großzügig zwar ab und zu mit Spesen, aber sehr kleinlich mit ihren eigenen Batzen. Könnte es vielleicht so sein, daß die deutsche Sprache entdeckt hat, daß Ehrsucht nur eine Form von Geiz ist und daß es eben die Geizigen sind, die ehrgeizig sind?

Man hat also dem Beamten X eine neue Karriere zugewiesen. In der Röhre aber, in die er jetzt gestoßen wird, ist es eng und dunkel, er wird bleich und eng und eben auch geizig durch diese Röhre kriechen, und sein enger Geiz heißt dann Ehrgeiz.

Wortklauberei, ich gebe es zu. Nur ist der Mißgriff des Bundesrates nicht zufällig. Es gibt zu viele Leute, die glauben, der Staat sei nur dazu da, in ihm etwas zu werden. Die militärischen Karrierebilder sind die unbrauchbaren Vorbilder dafür.

Meine bald zweijährige Enkelin hat seit einiger Zeit ein neues Wort. Alle Kinder haben dieses Wort. Es heißt »leini« – »allein«, und wenn ich meine Enkelin führen möchte, wenn sie auf einer Mauer balanciert, dann wehrt sie sich, entzieht mir ihre Hand und sagt trotzig »leini«. Sie will nicht über die Mauer geführt werden, sie will über die Mauer laufen – weil sie selbst jemand ist und selbst etwas sein will und weil sie etwas sein will und nicht nur etwas werden will.

Das hätte der Beamte X in seiner Beschwerde gegen die bundesrätliche Formulierung zu schreiben – das Wort »leini«. Er hätte zu erklären, daß er selbst jemand ist und nicht nur jemand zu werden hat.

Selbstverständlich muß er diese Beschwerde nicht führen, und er wird es auch nicht tun.

Sachzwänge

Angenommen, das Treibgas der Spraydosen wäre tödlich, angenommen, es würde die Ozonschicht zerstören: Wie lange wohl würde es dauern, bis wir es nicht mehr benützen, nicht mehr herstellen würden?

Angenommen, unsere Umwelt würde zerstört, der Wald würde sterben an unserem Abfall, an unseren Abgasen, an unserem Reichtum, angenommen, das wäre tödlich: Wie lange würde es wohl dauern, bis wir zugunsten unseres eigenen Lebens verzichten würden?

Angenommen, es würde irgendwo in der Welt – in Amerika, in Europa oder in Rußland – ein schwerwiegender Zwischenfall in einem Atomkraftwerk passieren, nur angenommen: Wie würde man sich dann wohl hinterher verhalten?

Diese Frage habe ich 1975 einem amerikanischen Professor für experimentelle Kernphysik gestellt. Er hatte selbst gar nichts mit Atomenergie zu tun, er hielt sie auch für fraglich, aber für vertretbar. Und seine Antwort hieß damals: »Also, es ist eigentlich nicht anzunehmen, daß irgendwo etwas Ernsthaftes passiert bei der Produktion. Aber wenn so etwas passieren sollte, irgendwo in der Welt, dann bin ich ganz sicher, daß man augenblicklich überall die Produktion von Atomstrom einstellen würde und daß es dann einige Zeit dauern müßte, bis man wieder darauf zurückkäme.«

Ich erinnere mich nicht mehr daran, ob ich ihm damals geglaubt habe. Die seitherigen Ereignisse verwischen die

Erinnerung. Ich nehme also an, daß auch er sich inzwischen nicht mehr an seine damalige Antwort erinnern würde.

Man kann unter der Voraussetzung, daß nichts geschieht, ohne Schwierigkeiten davon überzeugt sein, daß man es augenblicklich lassen würde, wenn etwas geschähe – weil man vorerst einmal davon überzeugt ist, daß nichts geschieht.

Wenn es dann doch geschieht, dann ist die Situation ganz anders. Denn an etwas hatte mein amerikanischer Professor 1975 nicht gedacht, nämlich daran, daß wir es gar nicht lassen können, unter allen (fast allen?) Umständen nicht lassen können.

Was nicht lassen können?

Ganz einfach alles. Wir können alles nicht mehr lassen, wohl weil inzwischen alles, was wir haben, irgendwo produziert ist, sein Geld kostet, seine Arbeitsplätze schafft – eben seinen Zusammenhang hat. Und die Arbeiterin, die Spraydosen herstellt, und der Arbeiter, der Autos herstellt, und jener, der eine kleine Schraube dreht für eine Kanone, die bald einmal losgeht im Libanon: sie alle sind keine Bösewichte, und sie haben alle ein Recht auf Arbeit und ein Recht auf Leben.

So verflucht einfach ist das. Deshalb gibt es für uns weiterhin nur die Hoffnung, daß Atomwerke vielleicht doch nicht tödlich sind, die Ozonschicht vielleicht doch noch ein bißchen Treibgas erträgt und der Wald vielleicht – wenn ich ihn so anschaue – tapfer durchhält.

So hat denn auch der englische Fußballverband nach der Tragödie von Sheffield beschlossen, den Cupwettbewerb weiterzuführen. Ich nehme eigentlich nicht an, daß in der entsprechenden Sitzung jemand saß, der eine andere Meinung hätte haben können. Denn man kann ja nicht Unschuldige bestrafen für etwas, an dem sie wirklich keine Schuld haben – zum Beispiel englische Fußballclubs, die ein Budget, die Angestellte haben, die ihre Fußballer bezahlen müssen, die ihre Zulieferer haben und ihre Sponsoren.

Man nennt das in der Politik »Sachzwänge«. Das Wort sieht so aus, als würde man nach sachlichen Kriterien entscheiden, aber es wird nur gebraucht, wenn man unter keinen Umständen anders kann – auch unter dem Umstand des Todes nicht. Aber ist es vielleicht nicht doch so, daß an der Tragödie von Sheffield der Fußball selbst – und nicht nur der Fußball – schuld ist oder eben diese Art Fußball oder seine lächerlich hochgesteigerte Bedeutung in der Gesellschaft oder seine Züchtung zum Superspektakel, zu überwirtschaftlicher Bedeutung?

Ich glaube, es wäre doch Zeit, damit aufzuhören. Aber möglich ist das eben nicht.

Jener, der in der Beiz gesagt hat: »Bei uns kann etwas wie Sheffield nicht passieren, unsere spielen zu schlecht«, jener hatte wohl mehr recht, als er selbst wußte.

Die Spieler unseres Klubs in Solothurn sind Amateure. Sie machen Fehler, und ihre Anhänger haben Verständnis dafür, daß sie ab und zu und hie und da zu oft verlieren. Und die Unterstützung der Fans ist nicht überschäumend, und das Bier und die Schweinswurst hinterher sind gut. Unser Klub hat zuwenig Geld, er hat zuwenig Anhänger, zuwenig Publikum, zuwenig Topfußballer, aber das Spiel ist ganz schön, und der Sonntagnachmittag auch. Und es ist genau dasselbe und genauso spannend. Und weil es nicht perfekt in Marketing und Training, weil es nicht mit Erfolg hochgezüchtet ist, deshalb ist es noch möglich.

Es gibt Gründe, sich vor dem Aufstieg zu fürchten.

Wir haben Sie gehört

Kürzlich wieder einmal war ich in der Beiz ein schlechter Zuhörer. Ich habe einen ganzen Abend lang das Gespräch an mich gerissen, ich fühlte diese Ungeduld in mir, wenn die anderen sprachen. Ich habe die anderen mitunter auch nicht ausreden lassen.

Am anderen Morgen schämte ich mich wie immer und machte mir Vorwürfe und nahm mir wieder einmal vor, ein nächstes Mal einfach nichts zu sagen, zu schweigen und zuzuhören. Es wird mir – so fürchte ich – auch ein nächstes Mal kaum gelingen.

So verbrachte ich halt einen Schweigetag, ging nicht unter die Leute und sprach auch mit mir selbst nur das Allernötigste.

Dann verspürte ich plötzlich wieder den Wunsch, irgendwo zu sein, wo ich die Leute nicht verstehe, im Tessin, in Italien, irgendwo in Finnland, irgendwo in Portugal. Ich würde mich im Café hinsetzen am Nebentisch und einen ganzen Abend nur zuhören, und was ich hören würde, das wären Stimmen. Ich würde die Augen schließen und wissen, diese Stimmen gehören zu Menschen: die eine würde freundlich klingen, eine andere so rechthaberisch wie meine an jenem Abend und eine dritte lustig. Ich würde zum Zuhörer, nicht zum Versteher, nur zum Zuhörer.

Ich versuche das ab und zu mit dem Radio. Ich drehe, bis ich Sprachen höre, die ich nicht verstehe. Ich kann wirklich nur diesen Stimmen zuhören: einem Interview auf russisch zum Beispiel – aber vielleicht ist es gar nicht Russisch, und ich weiß nicht, um was es geht.

Als Kind habe ich mal am Radio, nachts und verbotenerweise, englische Gedichte gehört, die jemand sehr pathetisch vortrug. Ich war ganz fasziniert, hörte auf jedes Wort, auf jeden Tonfall und begann nach der Sendung, dieselben

Gedichte zu schreiben – auf deutsch. Ich war überzeugt, die Radiogedichte verstanden zu haben, wenn ich auch noch kein einziges Wort Englisch wußte.

Heute weiß ich, wer jener pathetische englische Dichter gewesen sein muß: Dylan Thomas. Er ist mir heute noch lieb, ich verstehe ihn jetzt genauer, aber oft denke ich, ich hätte ihn damals vielleicht viel besser verstanden.

Am Nebentisch in der Beiz sitzen Spanier. Sie sprechen laut und schnell und viel und durcheinander. Hie und da kommt mir ein Wort bekannt vor; ich beginne mir auszumalen, um was das Gespräch gehe. Ich erfinde das Gespräch, nehme im stillen bereits Partei, bin eher der Meinung des einen und nicht des anderen. Und ich bin ganz sicher, daß das Gespräch, das ich nach und nach erfinde, gar nichts zu tun hat mit dem Inhalt des wirklichen Gesprächs. Trotzdem bin ich ehrlich bemüht herauszufinden, worum es geht und wer welcher Meinung ist. Also achte ich auf ihre Gesten, auf ihr Lächeln und auf ihre Wut, wie sie sich vorbeugen und wie sie sich zurücklehnen. Ich muß mich mit ihren Körpern abgeben, nicht mit ihren Wörtern, wenn ich versuchen will, sie zu verstehen. Ich muß mich in sie hineindenken. Einem Menschen zuhören, das heißt wohl immer, sich in ihn hineinzudenken.

Genau das habe ich an jenem Abend, als ich ein schlechter Zuhörer war, nicht getan. Ich habe an jenem Abend nur Sätze gehört, keine Stimmen. Ich habe nur Sätze verstanden, nicht die Menschen. Sprache ist vielleicht doch mehr als nur die Wörter und Sätze. Wer nur die Sätze hört, der hört nicht zu.

Zwei junge Frauen sitzen im Zug. Sie kommen von der Arbeit. Sie fahren diese Strecke wohl jeden Tag. Da gibt es eigentlich nicht viel zu erzählen. Aber sie sprechen doch miteinander, Schweizerdeutsch; sie sehen auch nicht so aus, als seien sie nicht Schweizerinnen. Dann spricht die eine plötzlich italienisch, und die andere gibt auf schweizerdeutsch Antwort. Und wenn die andere italienisch spricht, dann gibt die erste Antwort auf deutsch. Ich bin ganz sicher, daß ich unrecht habe, aber es klingt so, als hätten sie in ihrer absoluten Doppelsprachigkeit zwei Sprachen: eine Sprechsprache und eine Zuhörsprache. Das Italienische wäre dann die Frage, das Deutsche wäre die Antwort.

Schön wäre das.

Aber es ist wohl nicht so. Immerhin, das Sprachmischgespräch hat mir gefallen. Ich verstand die Hälfte wörtlich und konnte der anderen Hälfte zuhören. Man kann das Hören lernen.

Oder ganz einfach: in einer Festschrift vom Schweizer Radio zu irgendeinem Jubiläum habe ich mal gelesen, daß die ersten Hörerbriefe, die der Sender am Anfang bekam, weder Lobesbriefe noch kritische Briefe waren, sondern daß es darin nur hieß: »Wir haben Sie gehört«, »Wir haben Sie im Entlebuch gehört«, »Wir haben Sie in Lausanne gehört«.

Das technische Wunder, daß man Menschen durch die Luft hören kann, das war damals genug. Es ist uns leider – auch mir – nicht mehr Wunder genug.

Mehr Staat für weniger Menschen?

In einem kleinen Dorf weiß man, wie die Leute wählen und stimmen, und beim Auszählen kann man mitunter die Herkunft der Stimme erraten oder gar wissen.

In einem solchen Dorf, vor vielen Jahren, gab es nach jeder Wahl und jeder Abstimmung eine ungültige Stimme. Man kannte den eigenbrötlerischen alten Mann, der seit Jahrzehnten ungültig stimmte, und die Geschichte wäre weiter nicht erwähnenswert, wenn der Mann nicht so weit vom Dorf gewohnt hätte. Er ging jedesmal gut zwei Stunden zu Fuß, um seinen ungültigen Zettel in die Urne zu werfen. Weder Unwetter noch Schnee hielt ihn von diesem langen Weg ab, er hat in all diesen Jahren keine einzige Abstimmung versäumt.

Außerdem war er ein Experte in Fragen der Ungültigkeit von Wahlzetteln. Er kannte alle Varianten und spielte sie listig und fantasiereich durch. Es ist auch anzunehmen, daß er das Wahlbüro eingeklagt hätte, wenn er beim amtlichen Resultat seine ungültige Stimme nicht gefunden hätte. Aber das geschah nie, denn wenn nach der Auszählung die ungültige Stimme fehlte, dann kontrollierte man alles noch einmal durch und fand dann auch die raffinierte Ungültigkeit der Stimme.

Der Mann betätigte sich nicht politisch. Er war in keiner Partei, ging nicht zur Gemeindeversammlung und sprach nie mit jemandem über Politik. Der Grund seiner Zurückhaltung blieb für alle im dunkeln. Er war weder ein Querulant noch ein Rechthaber; selbst meine kleine Vermutung, er sei vielleicht ein stiller Anarchist gewesen, ist wohl zu romantisch. Es ärgerte sich im Dorf auch niemand über den Mann. Das »Ungültig: 1 Stimme« gehörte sozusagen zum Dorfbild.

Ich fragte mich immer, ob er nun ein politischer oder ein apolitischer Mensch war. Immerhin kannte wohl keiner die Wahlgesetze so gut wie er, und ich bin ganz sicher, daß er alle Vorlagen genau studierte. Er hatte etwas gegen den Staat, aber er wußte immerhin, wie er funktioniert.

Es gibt viele andere – und ich habe den Eindruck, sie nehmen erschreckend zu –, die den Staat nur noch als Naturereignis verstehen. Da gibt es halt eine Armee, und da muß man halt hin. Die wollen halt Steuern, und die muß man halt zahlen. Da gibt es eine Polizei, und die verhaftet halt, und dann gibt es ein Gericht, und dann gibt es ein Gefängnis. Der Staat ist für viele nichts anderes als eine Macht, gegen die man nichts machen kann. Sie leben in der Demokratie wie in einer Diktatur.

Einige diskutieren über Pflanzenspritzmittel. Plötzlich sagt einer, daß man jenes Mittel nicht mehr brauchen dürfe, das Fernsehen habe es verboten. Ich mische mich ein und versuche zu erklären, daß das Fernsehen keine Gesetze machen kann. Ich versuche schulmeisterlich zu erklären, wie die Gesetze entstehen – mit dem erbärmlichen Erfolg daß der andere sagt: »Ja schon, aber dieses Spritzmittel hat das Fernsehen verboten.«

Also irgendeine Macht hat es verboten, und alles, was Macht ist, ist Staat: ein trauriges Fazit nach 150 Jahren Demokratie.

Selbstverständlich ist auch einer, der die Funktionen des Staates nicht kennt, kein Rechtloser. Auch er wird, wenn es nötig ist, sein Recht bekommen. Aber er empfindet sich gegenüber dem Recht, gegenüber der Macht als Ohnmächtiger. Er weiß nichts davon, wie man das Recht benutzt. Und ich habe oft den Eindruck, daß unsere Verwaltung damit rechnet, daß das Recht nicht benutzt wird. Was würde aus unserem Staat, wenn alle seine Nützlichkeit einsehen würden und ihn entsprechend benutzen würden? Wäre ein demokratischer Staat, in dem nur aufgeklärte Bürger leben, überhaupt regierbar? Oder rechnet der demokratische Staat vielleicht sogar damit, daß nicht alle Leute in einer Demokratie auch demokratisch denken können und wollen?

Ich selbst verzichte immer wieder gern auf mein Recht. Ich klage jenen, der mir 100 Franken schuldet, nicht ein. Das wäre mir zu umständlich. Aber einer richtigen Firma mit einem richtigen Büro ist das selbstverständlich nicht zu umständlich.

Das hat mit Ungerechtigkeit nichts zu tun, das hat nur mit der Benutzbarkeit des Rechts zu tun. Die Ohnmächtigen wissen von dieser Benutzbarkeit gar nichts und erleben das ganze Recht als Unrecht.

Der Slogan »Weniger Staat« wird ihnen immer gefallen, auch der Slogan »Weniger Gesetze« – auch auf die Gefahr hin, daß es zum Schluß nur noch ein Gesetz gäbe, nämlich das der Diktatur.

Nicht selten wird der Wunsch nach »Weniger Staat« genau von jenen in die Welt gesetzt, denen es nicht die geringste Mühe macht, aus den Gesetzen des Staates ihren Nutzen zu schlagen. Und oft meinen sie vielleicht doch etwas ganz anderes, nämlich »Mehr Staat für weniger Menschen«.

Ich zweifle in diesem Zusammenhang nicht an unserer Rechtstaatlichkeit. Wir sind wirklich eine Demokratie. Nur habe ich oft das Gefühl, daß in dieser Demokratie zu wenige Demokraten leben und zu viele Ohnmächtige.

Ob das vielleicht der Ungültigstimmer gewußt hat?

Typisch amerikanisch

Ich lebe seit zwei Monaten wieder unter Amerikanern. Sie sind wie alle Menschen verschieden, vielleicht noch etwas verschiedener, als Schweizer es sind. Trotzdem, ich beobachte die Amerikaner und versuche herauszufinden, wie amerikanisch sie nun sind – als ob es nicht genügen würde, daß sie Amerikaner sind.

Es gibt eine einzige Frau hier, von der ich schon gesagt habe: »Sie ist eine typische Amerikanerin.« Ich muß wohl nicht erwähnen, daß ich diese Frau nicht mag. »Eine typische Amerikanerin«: das ist ein negatives Urteil, wie »typischer Belgier«, »typischer Deutscher«, »typischer Schweizer« negative Urteile sind. Woher weiß ich denn überhaupt, was »typisch amerikanisch« ist? Und woher kommt es, daß unter hundert Amerikanerinnen nur eine einzige typisch ist? Da kann doch etwas nicht stimmen, wenn ein

Prozent typisch ist und neunundneunzig Prozent untypisch sind.

Ich bezeichne eine Amerikanerin dann als typisch, wenn sie meinem Vorurteil entspricht. Ich weiß im voraus, wie die Amerikanerinnen sind, ich komme hier an und stelle fest, daß die meisten nicht so sind. Trotzdem beharre ich auf meiner Vorstellung und bezeichne nur jene als typisch, die meinem Vorurteil entsprechen. Mit eigener Beobachtung hat das gar nichts zu tun. Ich verlange von einem Deutschen zum Beispiel, daß er sich unangenehm verhält; wenn er es nicht tut, was meistens der Fall ist, bezeichne ich ihn als untypisch.

Ich erschrecke immer wieder, wie schwer ich mich dagegen wehren kann. Ich kriege meine Vorurteile nicht los, sosehr ich mich auch darum bemühe. Ich war schon oft in Amerika, ich bin gern hier, aber nirgends so wie in Amerika fällt mir auf, daß ich alles an meinen Vorurteilen messe. Vor über 20 Jahren war ich zum erstenmal hier. Seit damals hat sich sehr viel verändert, aber ich kann die Veränderungen kaum feststellen, weil ich es mir einfach mache und die Veränderungen als untypisch bezeichne.

Vor zwanzig Jahren glaubte ich zum Beispiel, ein Land anzutreffen mit wenigen Gesetzen, mit wenigen Verboten, mit auffallend weniger Verbotstafeln als bei uns. Optisch scheint sich daran nicht viel geändert zu haben. Aber wenn ich die Zeitungen lese oder Radio höre, dann fällt mir plötzlich auf, wie dauernd vom »Supreme Court« – vom Bundesgericht – die Rede ist, wie nach und nach jeder Schritt gesetzlich geregelt wird, wie sich Parlament und Regierung mehr und mehr nicht mehr um Politik kümmern, sondern nur noch um gesetzliche Regelungen.

Ich habe immer wieder gestaunt, wie an einer amerikanischen Universität mit Invaliden umgegangen wird. Einrichtungen für Gelähmte, für Blinde, für Taube sind hier selbstverständlich, und der Umgang der Mitstudenten mit Behinderten ist absolut selbstverständlich. Wenn ich aber heute die Amerikaner darauf anspreche, dann ist die Antwort: »Es ist Gesetz« – eine Antwort, die mir meine positiven Vorurteile zerstört, eine Antwort, die mir richtig weh tut. Dazu zählt, daß hier am College bei Festen kein Alkohol mehr ausgeschenkt wird: nicht etwa aus Prüderie, sondern weil der Direktor und die Professoren voll haftbar wären für alles, was hinterher passieren könnte, auch Stunden nach dem Fest. Haftpflichtfälle sind hier immer Millionenforderungen. Haftpflichtforderungen sind zu einem amerikanischen Geldspiel geworden, und Advokaten bieten ihre Dienste in Zeitungen und am Fernsehen auch jenen an, die noch gar nicht wissen, daß sie mit irgend etwas ins »Spiel« eintreten könnten.

Gut also, ich plädiere in diesem Fall für »Mehr Freiheit und weniger Staat«, aber meine politischen Gegner in der Schweiz sollten nicht zu früh frohlocken. Die Unfreiheit, die in den USA geschaffen wird, kommt aus einem privaten Sicherheitsbedürfnis, das letztlich nur mit Reichtum zu befriedigen ist. Krankheit und Unfall können hier in die totale Armut führen, Sozialversicherungen sind selten und schlecht. So bleibt die Schadenersatzklage die einzige »ausreichende« Versicherung, und Haftpflicht wird zum Faustrecht. Auch schweizerische Verhältnisse und Wünsche erscheinen mir ab und zu als »typisch amerikanisch«, nämlich dann, wenn der Slogan »Mehr Freiheit und weniger Staat« als Angriff auf unsere Sozialversicherungen gemeint ist.

Daß alles beim alten bleibt

Ich bin seit zwei Wochen wieder zurück aus Amerika, und ich habe den Eindruck, daß es schon fast eine Ewigkeit her ist, daß ich dort war, und erst zwei, drei Tage her, daß ich hier bin. Ich habe, so scheint mir, durch drei Monate Abwesenheit ein Stück Geschichte verpaßt. Die brutale Niederschlagung der aufkeimenden Demokratie in China, das zittrige Wunder der polnischen Wahlen: das habe ich durch die amerikanische Presse erfahren, und wenn ich auch Kurzwellen gehört habe, vor allem deutsche und Schweizer Sender, dann habe ich eben auch die in amerikanischer Umgebung gehört. Ich habe auch mal Nachrichten in englischer Sprache gehört, und ich hielt sie für Nachrichten aus Bern, aber es stellte sich heraus, daß sie aus Moskau kamen. Objektivität ist eine eigenartige Sache, sie verwischt Unterschiede. Wer am Kurzwellenempfänger herumdreht, der hört dauernd dasselbe: den deutschen Korrespondenten aus China, den Schweizer Korrespondenten aus China, den französischen, den holländischen.

Selbstverständlich wollte ich Nachrichten aus der Schweiz hören. Sie waren spärlich, dieselben internationalen Nachrichten wie die der anderen Sender auch. Sie waren genauso »objektiv« wie die anderen – kein Hauch von schweizerischer Interpretation. Das ist der Preis für die gewünschte Objektivität.

Hat das alles mit meiner Abwesenheit zu tun? Ich weiß es nicht. Trotzdem, ich vermisse plötzlich die tägliche »New York Times«. Ich möchte jetzt wissen, was dort drin steht. Vielleicht doch ähnliches wie hier in den Zeitungen: nichts mehr über China, über Polen noch am Rande, Afghanistan existiert gegenwärtig nicht, Nicaragua ist nicht dringend. Im Augenblick geht es um den Exodus aus der DDR – auch ein erschütterndes Ereignis bestimmt. Der bitterböse Satz von Bertolt Brecht wird zur Wahrheit: die Regierung wird wohl ein neues, ein anderes Volk wählen müssen.

Eine utopische Frage: Wie wäre das eigentlich für uns, wenn aus der chinesischen Demokratie etwas geworden, wenn China eine liberale Wirtschaftsmacht geworden wäre? Denn der Westen ist ja überzeugt, daß sein wirtschaftlicher Erfolg im besseren politischen System begründet ist. Und immerhin sprechen inzwischen alle westlichen Politiker davon, daß es die Aufgabe der Entwicklungshilfe sei, die Wirtschaft der Drittweltländer zu stärken, auf eigene Beine zu stellen. Warum sprechen sie so ohne Zittern davon? Glauben sie wirklich daran, daß die Segnungen des Kapitalismus, daß die Erfolge der Marktwirtschaft ohne Schwierigkeiten auf die ganze Welt zu übertragen wären? Oder glauben sie eher daran, daß es schließlich doch nicht so weit kommt, daß man sich nicht zum Beispiel auf den Eintritt Polens in die kapitalistische Weltwirtschaft vorzubereiten habe?

Oder anders gefragt: Wie ernst ist unsere Begeisterung über die neue polnische Demokratie? Wie ernst ist unsere Begeisterung über Gorbatschow und Glasnost? Wäre uns ein Erfolg von russischen Reformen lieb, wäre uns ein Erfolg von Wałesa nicht gefährlich? Oder rechnen wir einfach damit, daß sie sich gegenseitig aufheben?

Wir hoffen doch alle, daß alles beim alten bleibt; die Hoffnung der Polen auf uns ist wohl eine leere Hoffnung. So wußte denn auch Präsident Bush in Warschau nichts anderes zu sagen als etwa: Ihr wollt also auch so demokratisch werden wie wir – wunderbar, seid willkommen. Kein Wort zu den Schwierigkeiten dieser Welt, zu den Schwierigkeiten der Demokratie.

Wir sind auf dem besten Weg, aus dem Osten so etwas zu machen wie einen wirtschaftlichen Hinterhof des Westens. Wir stellen uns das spätere Verhältnis Westeuropa-Osteuropa so vor wie das alte Verhältnis Nordamerika-Südamerika.

Oder wir verlassen uns darauf, daß die Aktualität schon bald keine mehr sein wird. Wir verlassen uns darauf, daß wir uns damit nicht zu befassen haben. Und nur weil wir politisch auf jede Veränderung unvorbereitet sind, bereiten wir uns halt militärisch darauf vor. Das ist Garantie genug, daß alles beim alten bleibt.

Das Außergewöhnliche und das Erzählen

Einer erzählt, er habe eben gesehen, wie ein Auto in das Podest reingefahren sei, wo der Verkehrspolizist darauf gestanden habe. Der Polizist sei auf die Motorhaube gefallen und dann schräg auf die Straße.

Offensichtlich ist alles glimpflich verlaufen, und so ist es eine lustige Geschichte und alle lachen. Jetzt ist doch endlich wieder einmal etwas passiert, und der Erzähler hat es sogar selbst gesehen. Er war wirklich dabei, und er glaubt, er habe nun etwas zu erzählen, weil er doch dabei war, und er erzählt es deshalb noch einmal – noch einmal die genau gleiche Geschichte. Dann erzählt er sie noch einmal, und so geht das weiter, eine halbe Stunde, eine Stunde. Er wird lauter und lauter, und es mischt sich fast ein wenig Verzweiflung in seine Sätze. Er hat etwas Außergewöhnliches erlebt, eine wahre Geschichte, und jetzt, erzählend, merkt er selbst, daß das keine Geschichte ist, keine Geschichte ergibt.

Das hat nichts zu tun mit seiner Unfähigkeit zu erzählen, Leute, die vom Erzählen leben, Schriftsteller, sind daran gewöhnt, daß Ereignisse noch keine Geschichten sind.

Es gibt die Vorstellung, daß sich früher die Männer in der

Wirtschaft richtige Geschichten erzählt, daß sie sich zum Beispiel Märchen erzählt haben. Ich glaube, das ist eine Legende – wie etwa auch die Legende vom Großvater, der auf der Ofenbank saß und Geschichten erzählte. Aber vorstellbar ist, daß es früher noch Zuhörer gab, geduldige Zuhörer. Geduld heißt auch, mit Langeweile umgehen können, und Erzählen ist auch umgehen mit Langeweile.

An einem anderen Tisch haben drei Männer einen lauten Streit. Jeder von ihnen weiß ganz genau, wie lange der Flug von Zürich nach Jeddah dauert. Und jeder glaubt auch zu wissen, wie viele Kilometer das sind. Der Vorschlag, man könnte es auf einer Karte nachmessen, hat hier keinen großen Sinn, das exakte Faktum ist eigentlich gar nicht erwünscht. Das ist doch eigenartig, daß man zwei Stunden über ein Faktum »diskutieren« kann, das man ohne Schwierigkeiten irgendwo nachschlagen könnte.

Aber in Wirklichkeit geht es nicht um die Flugdauer, sondern um etwas »Außergewöhnliches«, nämlich darum, daß jeder von den dreien schon mal in Saudi-Arabien war als Arbeiter. Darüber möchten sie jetzt sprechen, nur sprechen, eigentlich nur sagen: »Ich war in Saudi-Arabien.«

Auch das ist – wie der Polizist, der vom Podest fällt – etwas Außergewöhnliches, etwas Beeindruckendes wohl auch, etwas, das die anderen nicht kennen. Aber weil die drei es nicht erzählen können, bleiben ihnen nur noch ein paar Fakten, eine Anzahl Kilometer, eine Anzahl Flugstunden. Das Wissen um die Fakten soll beweisen, daß sie da waren, und sie beweisen gar nichts. Das ist zum Verzweifeln, und deshalb müssen sie laut werden. Ihre Monate in Arabien sind eingebettet in die ganze übrige Langweiligkeit ihres Lebens. Nur wenn sie es erzählen könnten, könnten sie es auch erleben. Sprechen und Reden ist kein Ersatz fürs Erzählen.

Aber wir leben wohl mehr und mehr nur noch in Außergewöhnlichkeiten, in der Außergewöhnlichkeit zum Beispiel, daß heute das neue Einkaufszentrum eröffnet wird, daß heute die Herbstmesse eröffnet wird, und die Leute strömen, um ihrer Langeweile zu entfliehen. Das größte Geschäft, das man mit Konsumenten machen kann, ist das Geschäft mit ihrer Gelangweiltheit.

Vielleicht würde eine erzählende Gesellschaft wirklich das Bruttosozialprodukt gefährden. Ich könnte mir auch vorstellen, daß in armen Gegenden mehr erzählt wird als in reichen. Eine absurde Frage: Sind sie nicht reich, weil sie zuviel erzählen, oder erzählen sie, weil sie nicht reich sind?

Wenn das so wäre – es ist wohl nicht so –, dann wäre es wohl richtig, nicht mehr erzählend, sondern eben konsumierend zu leben. Mit dem Geld kann man sich ja dann das Leben kaufen, die Reise nach Jeddah vielleicht. Und man wird die Beweise zurückbringen müssen, daß man dort war. Man wird zum Beispiel wissen müssen, wie lange der Flug gedauert hat, wie das Essen war und wie die Preise waren – und alles wird außergewöhnlich sein und alles nicht erzählbar. Ich meine damit gar nicht, daß man es anderen erzählen können müßte, sondern vor allem sich selbst.

Ich denke an jenen alten Bauernknecht, der überhaupt nicht erzählen konnte. Er war durch Zufälle und komplizierte Umstände in der ganzen Welt herumgekommen, und wenn man ihn aufforderte zu erzählen, dann setzte er sich, schaute in die Luft, überlegte lange und sagte: »Zum Beispiel San Francisco – üü dehr, zum Beispiel Hongkong – üü dehr.«

Natürlich lächelten wir darüber. Aber wir hörten ihm doch gespannt zu, denn wir hatten den Eindruck, daß tief in ihm drin Geschichten steckten, die er sich, nur sich selbst, erzählte.

Eingesperrt in einem Land

Ein Freund fragt mich nach einem langen Gespräch über Politik, ob meine politische Resignation nicht vielleicht doch nur meine persönliche Resignation sein könnte.

»Nein«, antwortete ich, »ich lebe gern, ich genieße mein Leben ab und zu, ich kann mich freuen.«

Inzwischen verbrachte ich wieder einmal einige Tage mit großer Langeweile. Nichts wollte gelingen, nichts wollte mir einfallen. Die Zeit wollte nicht vergehen, ich saß herum, ich ging ein wenig durch die Stadt, und die Stadt fand ich auch langweilig und die Leute auch und das schöne Wetter auch. Dabei wußte ich ganz genau, daß es nur meine eigene Gelangweiltheit war, aber ich empfand nicht mich als langweilig, sondern meine ganze Umgebung.

Da fiel mir die Frage meines Freundes wieder ein, und meine Antwort überzeugte mich nicht mehr sehr. Denn wenn ich zum Beispiel sage, das ist eine langweilige Stadt, eine langweilige Gegend: dann ist das letztlich nur meine eigene, ganz persönliche Langeweile. Das weiß ich schon, aber es fällt mir schwer, es auch einzugestehen.

Vielleicht war also die Frage meines Freundes berechtigt. Es wird ja auch so sein, daß ich mit keinem anderen Temperament über etwas nachdenken kann als mit meinem eigenen. Es wäre eigenartig, wenn mein politisches Denken nicht immer wieder auch mit mir selbst, mit meinen eigenen Schwierigkeiten zu tun hätte. Und Berufspolitiker können mitunter nur deshalb unglaubhaft wirken, weil es ihnen so sehr gelingt, Politik von sich fernzuhalten und zu behandeln wie lebloses Material.

Die Frage, ob die Tausende von jungen DDR-Bürgern, die ihr Land verlassen, es aus persönlichen oder aus politischen Gründen tun: die ist wohl nicht zu beantworten. Aber mir fällt, wenn ich davon höre, doch nur Politik, eine verfehlte Politik ein. Wer aus einem Gefängnis ausbricht, der wird seine Tat nicht zu begründen haben. Er will nichts anderes als – was das auch immer ist – die Freiheit. Und Einsperren, wie auch immer einsperren, ist Folter. Freiheitsberaubung liegt dann vor, wenn ich nicht gehen kann.

In den letzten Wochen habe ich wieder ein paar anonyme Aufforderungen bekommen zu gehen, »wenn es mir hier nicht passe«. Die vorgeschlagene Stadt ist immer noch dieselbe wie vor zwanzig Jahren: Moskau. »Geh doch nach Moskau, wenn es dir hier nicht paßt.« Ich war noch nie dort und hatte auch nie die Absicht, dort zu sein. Eine schweizerische Einrichtung, die mir so sehr gefällt, soll es dort kaum geben, nämlich die Beiz.

Auch gestern war ich in der Beiz. Am Nebentisch saßen einige, die fluchten auf alles in diesem Land, auf die Baugesetze, die mit freier Wirtschaft nichts mehr zu tun hätten, auf die Raumplanung und den Umweltschutz, auf die Tempolimite und auf die Parkbußen – alles Themen, wo ich gegenteiliger Meinung gewesen wäre, nämlich der Meinung unserer Politik und unseres Parlamentes. Und jene, die dort laut aufeinander einredeten, die ärgern sich sonst immer wieder sehr darüber, daß ich dieses Land nicht immer loben will.

Sollen jetzt sie gehen, weil »es ihnen nicht paßt«, oder soll ich gehen, weil »es mir nicht paßt«?

Unsere Grenzen sind offen, das ist ein Grund zu bleiben. Das Angebot der Freiheit macht frei. Jedes Angebot der Freiheit auch zu benützen, das würde grauenhaft unfrei machen. Die Schweiz legt mir zwar nichts in den Weg, wenn ich nach Australien möchte, aber das ist doch noch lange kein Grund, nach Australien zu gehen.

Es gibt inzwischen in meiner Stadt sehr wenige Kinos. Das ärgert mich, das schränkt mich auch ein, aber ich gehe – auch andernorts – ganz selten ins Kino. Trotzdem, die Vorstellung, daß es die Möglichkeit, ins Kino zu gehen, überhaupt nicht mehr gäbe, das ist für mich eine Vorstellung von »Gefangenschaft«. Ich brauche das Angebot der Freiheit, ins Kino zu gehen, das Kino selbst brauche ich fast nicht.

Wenn man mich aber einsperren sollte, irgendwie und irgendwo, dann hätte ich nichts mehr anderes im Sinn als die totale Freiheit. Dann möchte ich nur noch ins Kino gehen, nur noch nach Australien fahren, nur noch Wein trinken, nur noch meine Meinung sagen dürfen, nur noch –

Das ist das Elend. Die Hoffnung auf die Freiheit ist immer Hoffnung auf totale Freiheit – nur Freiheit, nichts anderes als Freiheit.

Es ist mir viel wert, freiwillig in diesem Land zu leben. Unfreiwillig würde ich es hier nicht aushalten, unfreiwillig würde ich es auch in keinem anderen Land aushalten. Dabei reise ich gar nicht gern und bin eher seßhaft veranlagt. Ich sitze gerne und gern lange am selben Ort. Trotzdem habe ich immer wieder das Gefühl, eingesperrt zu sein im eigenen Land, in der eigenen Person, in der eigenen Langeweile.

Und da fällt mir ein: es gibt eine sanfte Form von Einsperren auch in unserer Schweiz. Unser Fernbleiben von der EG hat zum Beispiel auch die Folge, daß junge Schweizer Mühe haben, eine Aufenthaltsbewilligung in anderen europäischen Ländern zu bekommen. Das kann recht bitter sein für einen jungen Menschen in einem kleinen Land.

Vom Nichtkönnen

Ich bin so stolz auf die beiden Knöpfe an meinem Mantel, die ich selbst angenäht habe, schön mit Hälschen, ein Streichholz dazwischengeschoben, auf der anderen Seite ein Gegenknopf. Einfädeln ist eine Tortur. Das hat nichts mit Zittern zu tun oder mit schlechter werdenden Augen – einfädeln konnte ich nie, ich weiß auch nicht, wie man das tut. Der Erfolg ist immer ein Zufall, oft ein Zufall, der mich so überrascht, daß ich den Faden gleich wieder rauszittere.

Eine gute Stunde Arbeit ist das für mich schon – zwei Knöpfe anzunähen. Aber ich nähe leidenschaftlich gern Knöpfe an, und ich genieße es, daß ich es nicht oder eben nur sehr mühsam kann. Meine Frau würde das gern tun und viel schneller. Ich nehme ihr keine Arbeit ab, wenn ich es selbst tu. Aber wenn ich Knöpfe annähe, dann habe ich endlich Zeit, Zeit zum Verschwenden. Und würde man die Zeit nach einem anständigen Handwerkerlohn berechnen, die Knöpfe wären fast ein kleines Vermögen wert. Ich trage an meinem Mantel die teuersten Knöpfe.

Nur darf ich es nicht allzuoft tun, sonst laufe ich in Gefahr, es doch noch zu lernen. Knöpfe annähen macht nur so lange Spaß, wie man es nicht kann.

Als Kind konnte ich sehr viel nicht und tat es trotzdem. Ich versuchte Geschichten zu schreiben, mühsam und mit großen Buchstaben. Ich versuchte sogar mitzuspielen beim Fußball, ohne es zu können. Gelobt wurde ich zwar von meinen Kameraden dafür nicht, aber ein bißchen nicht können durfte ich es trotzdem. Hätte ich heute noch, als Erwachsener, die Lust, Fußball zu spielen, ohne es zu können, ich würde nirgends eine Gelegenheit finden. Eine Liga der Nichtkönner gibt es nicht, und selbst Grümpelturnier-Mannschaften trainieren zweimal wöchentlich. Als Erwachsener habe ich etwas entweder zu können oder zu lassen.

Was ich doch alles gelernt habe. Ich weiß zum Beispiel, wie es auf einem Flughafen zugeht, ich weiß, wie das ist in einem Schlafwagen, ich kann mit Kreditkarten umgehen, ich kann im Restaurant bestellen – wie spannend war doch das alles noch, als ich es noch nicht konnte. Das hat alles beim ersten Mal genauso gut funktioniert wie heute, es gab gar keinen Grund, es zu lernen. Das Können verdirbt nur den Spaß.

Und oft tun wir Dinge nur deshalb, weil wir sie können. Ich war zum Beispiel früher einmal durch Zufall, weil mein Vater es mir früh beibrachte, ein guter Skifahrer. Aber ebenso zufälligerweise hat mir das Skifahren keinen Spaß gemacht. Ich tat es trotzdem Winter für Winter und war zum mindesten stolz darauf, daß ich es konnte. Es brauchte fast so etwas wie Zivilcourage, es endlich aufzugeben; es ist gar nicht so leicht, auf etwas zu verzichten, was man kann. Auch dann nicht, wenn es keinen Spaß macht. Noch heute macht mir deshalb Schnee so etwas wie ein schlechtes Gewissen.

So werden wir die Gefangenen von dem, was wir können. Und deshalb nähe ich gern Knöpfe an. Beim Knöpfeannähen bin ich ein freier Mensch, weil ich es nicht kann. Ich vertrödle dabei meine Zeit, eine Stunde, zwei Stunden, und dann schreibe ich es hier noch unnötigerweise auf und beanspruche auch die Zeit der Leser – für nichts oder eben für zwei Knöpfe, die jede Könnerin in kürzester Zeit angenäht hätte.

Und während ich nähe, höre ich am Radio von Gorbatschow und von der DDR und von Prag und den Verhandlungen unseres Parlaments in Sachen Frau Kopp und Bundespolizei. Und die ganze Welt ist im Aufbruch, und ich lebe mitten in der rasenden Geschichte, und für Tausende ist jetzt jede Minute spannend und entscheidend, und ich nähe Knöpfe an und freue mich darüber, daß ich es nicht kann.

Im Fernsehen sehe ich einen Könner, Egon Krenz. Er kann plötzlich Dinge, die er vor ein paar Tagen noch nicht konnte. Er kann die Mauer öffnen, er kann Menschen diskutieren lassen, und er kann selbst mit ihnen diskutieren, er spricht von der Freiheit der Bürger, von einem neuen Staat, er läßt seine eigenen Leute verhaften und zurücktreten. Und wir Pragmatiker würden wohl sagen: »Laßt den doch jetzt erst mal ein bißchen machen.« Aber das Volk der DDR will ihn nicht und erkämpft seinen Rücktritt.

Das finde ich erstaunlich, daß man den Könner endlich nicht mehr will, daß man endlich einem nicht glaubt, der es schon immer konnte, sich schon immer elegant in der jeweiligen Macht bewegen konnte. Es ist sogar anzunehmen, daß er auch den jetzigen Trend – und auch jeden anderen – gekonnt hätte. Vielleicht will man endlich einen, der es nicht einfach kann, der nicht einfach jederzeit die richtigen Wörter findet.

So habe ich denn auch zwei Tage lang die Reden unserer Parlamentarierinnen und Parlamentarier zur Sache Kopp und Bundesanwalt gehört: Gute Reden auch und gute Formulierungen. Die können das eben, und sie können es geschickt und allgemein und abstrakt. So gut jedenfalls konnte Frau Kopp selbst das auch. Wie schön, wenn sie es nicht gekonnt hätte!

Und noch einmal vom Nichtkönnen

Einer sagt: »Ich könnte das nicht.« Er sagt es in Hilflosigkeit, denn in dieser Runde fallen niemandem Sätze ein zu der Sache, über die man sprechen möchte: die Massaker in Rumänien. Man sagt hier einfach Wörter wie »unglaublich«, »grauenhaft«, »schrecklich«, und es sind alles Wörter, die man eigentlich täglich braucht, in der Regel auch für viel weniger schlimme Dinge. Irgend etwas muß man ja jetzt vielleicht doch sagen. Aber man spricht in der Runde auch vom Essen, vom Weihnachtsbraten und vom zuviel Essen und vom ausbleibenden Schnee, vom Streit bei der Weihnachtsfeier – und dann halt wieder von Rumänien.

Ich erinnere mich daran, ganz im stillen, daß ich gegen die Todesstrafe bin, daß ich mich entschieden habe, gegen die Todesstrafe zu sein, für immer und in jedem Fall, auch in diesem. Aber es ist hier nicht der Ort und die Zeit, es auch zu sagen, es auch auszusprechen. Was hätte ich als Rumäne getan? Hätte ich als rumänischer Soldat, der das Todesurteil an Ceaucescu zu vollstrecken hatte, den Befehl verweigern müssen, weil ich ganz konsequent gegen die Todesstrafe bin? Ich hätte das wohl – zu Recht? – mit meinem Leben bezahlt.

Aber davon rede ich in der Beiz nicht. Ich bin froh, daß zwischendurch über den fehlenden Schnee gesprochen wird, und dann blättert wieder einer in der Zeitung, hebt seinen Kopf und sagt: »Grauenhaft, schrecklich.« Aber das Thema ist schon weit weg. Vielleicht sind wir im stillen alle entsetzt darüber, daß uns das Thema nicht richtig berühren will, und jetzt sagt einer plötzlich: »Ich könnte das nicht.«

Alle am Tisch wissen, was er damit meint. Er meint, er könnte das nicht, was die Securitate-Leute in Rumänien getan haben. Und sein Satz erschreckt mich, denn die Feststellung, daß er es nicht könnte, beinhaltet ja auch die Möglichkeit, daß man es können könnte.

»Ich könnte keinem Tier etwas zuleide tun«, »Ich könnte keinen Menschen schlagen«, »Ich könnte niemanden betrügen«: wie schnell ist das gesagt. Ich esse mein Steak und könnte kein Tier schlachten? Hat er nicht vielleicht eher gemeint: »Ich möchte das nicht tun können – ich möchte das nicht tun können müssen«?

Denn ob wir etwas könnten oder nicht könnten, das ist leider nicht die Frage. Es geht hier nicht um das Nicht-Können, es geht um das Können. Die Frage heißt: »Könnte ich den Befehl verweigern?« Die Frage ist: »Könnte ich nein sagen?« Die Vorstellung vom Nichtkönnen genügt nicht. Es hat jedenfalls noch keiner Kuh etwas genützt, daß ich unfähig wäre, sie zu töten. Ich wäre auch unfähig, den Wald mutwillig zu vernichten. Ich tu das auch nicht, aber er stirbt. Irgendwie bin ich auch als Konsument unfähig zur Befehlsverweigerung.

Einer sagt: »Ich könnte das nicht«, und er meint damit das, was die Securitate-Leute getan haben. Ich könnte das auch nicht. Niemand, kein einziger Mensch könnte das, auch kein Securitate-Mensch. Trotzdem gibt es auf der ganzen Welt zu wenige Menschen, die Befehle verweigern können. Ich weiß nicht einmal, ob ich selbst ein Mensch wäre, der Befehle verweigern könnte. Gegenteilige Beweise gibt es in meinem Leben genug, ich habe genug unsinnige Befehle ausgeführt, auch Befehle der Konsumwerbung zum Beispiel. Aber ich habe noch nie einen Menschen geschlagen – das könnte ich wirklich nicht.

Und einer erzählt plötzlich aus heiterem Himmel, daß eine Ohrfeige zur rechten Zeit noch nie geschadet hätte. Er erzählt, daß er einmal seinem Sohn auf der Straße eine runtergehauen habe, und da habe sich ein Fremder eingemischt, dem habe er aber gesagt, das sei sein Sohn, und er könne mit ihm machen, was er wolle.

Ich weiß, wie er darauf kommt, dies plötzlich zu erzählen. Im »Blick« stand vor ein paar Tagen eine Meldung, daß ein Mann irgendwo in Amerika zu Gefängnis verurteilt wurde, weil er seinem Sohn zwei Ohrfeigen gegeben hat.

Darüber müßte man reden, aber darüber redet man nicht. Denn wer nicht schlägt, den beschimpft man schon gleich als antiautoritär, und viele meinen, antiautoritäre Erziehung heiße, den Meister nicht zeigen. Das heißt es zum Teil wohl auch, aber antiautoritäre Erziehung meint als Ziel etwas anderes. Sie meint, Leute fähig machen zur Befehlsverweigerung. Nur wer das kann, muß das andere nicht können.

Und ich atme tief ein und will meinem Gegenüber erklären, wie das ist und daß es einen Strafbestand der einfachen Körperverletzung gebe, der auch für Väter und Söhne gilt und auch für Lehrer und Schüler. Dann halte ich meinen Atem an. Mir fällt ein, daß ich vor vielen Jahren meinen Sohn auch geschlagen habe, und ich schäme mich und frage mich, warum ich das getan habe. Wohl eben auch, weil es so der Brauch war und von den Nachbarn so erwartet wurde – also auch ein Fall von mangelnder Zivilcourage, von mangelnder Befehlsverweigerung.

Filmtage in Solothurn

Solothurner Filmtage zum 25. Mal: eine Institution des Schweizer Films, und das Wort Solothurn ist dabei so etwas geworden wie ein Begriff der Cineastik. »Ich zeige meinen Film in Solothurn«: das heißt nicht etwa, daß man ihn irgendwo den Solothurnern zeigen will, sondern eben an diesen eigenartigen Solothurner Filmtagen.

Aber Solothurn ist auch eine Stadt, eine Kleinstadt. Sie mag in diesen 25 Jahren in Europa bekannt geworden sein wegen dieser Filmtage, und wenn ich irgendwo in Skandinavien sage, daß ich in Solothurn wohne, dann sagt einer »Solothurner Filmtage«, und ich bin echt beleidigt. Denn diese Filmtage dauern nur sechs Tage, Solothurn selbst dauert 365 Tage. Aber immer wieder ist Weihnachten, immer wieder ist Ostern, und immer wieder sind die Filmtage, schon wieder.

Ein Wirt sagt daß sie sich anständig aufführen, nette, angenehme Gäste. Was meint er damit? Ich frage ihn, und er sagt, die hätten doch mal die Fassaden mit Sprüchen verschmiert – 1980. Wer, die Filmer? Ja, die Filmer – aber jetzt sind sie sehr anständig.

Mein Mittrinker in der Beiz hat mit den Filmtagen nichts zu tun, auch mit Kino nichts. Er sagt freundlich zu mir: »Du hast jetzt sicher viel mit den Filmtagen zu tun«, und dann sagt er noch: »Wie ist die Qualität dieses Jahr?« Ich sage ihm, daß ich kaum etwas damit zu tun habe, und ich staune darüber, daß er irgendwo das Wort Qualität gehört hat. (Es gibt in der Schweiz Qualitätsprämien für Filme – wenn schon Schweiz, wenn es unbedingt sein muß, dann immerhin Qualität.)

Immerhin, alle sprechen – inzwischen – einigermaßen freundlich darüber. Die Solothurner Filmtage sind auch für die Solothurner ein bißchen ein Ereignis. Und das Ereignis heißt: die Fremden kommen, endlich kommen die Fremden. Endlich sind wir nicht mehr allein, endlich sind wir entdeckt.

Aber sie tragen eigenartige Hüte, die Fremden, und lange Schals, und sie schauen anders aus ihren Augen, und sie bewegen sich anders, und sie sitzen ganz anders in den Restaurants. Sie sind richtige Fremde, sie sind ganz anders. Und nicht etwa ihr Geschäft macht sie ganz anders, sondern ihre Herkunft. Sie kommen – so glauben die Leute hier – alle aus Zürich. Und der Wirt sagt, sie führen sich anständig auf: irgendwie ist das für ihn ein mutiges Bekenntnis. Er hat so seine Bedenken gegen Fremde, gegen Asylanten, gegen Tamilen – aber diese Zürcher, die sind zwar ganz anders als wir, aber anständig.

Vor 25 Jahren gab es in Solothurn eine Filmgilde. Die Mitglieder schauten sich montags im Kino Elite sogenannte »Studiofilme« an, die kamen aus Frankreich und aus England und waren sehr schön und hatten kein großes Publikum. Ich bin der Filmgilde Solothurn sehr dankbar für einen wichtigen Teil meiner Bildung. Wer am Montag im Kino Elite war, der gehörte zu einer Minderheit, und in einer Kleinstadt sind Minderheiten noch wichtiger als in der richtigen Welt. Wir waren eine ästhetische Minderheit, wir dachten nicht daran, daß wir damit auch eine politische Minderheit sein könnten.

Der damalige Präsident der Filmgilde, Paul Schmid, kam dann auf die Idee, Schweizer Filmer nach Solothurn einzuladen. Wir wußten eigentlich gar nicht, ob es so etwas gibt, und wir suchten sie zusammen; wir wußten auch, damals, daß der Schweizer Film eben nur ein Schweizer Film ist, und vieles war dilettantisch. Aber es kamen Leute, Leute aus Zürich zum Beispiel, und die sahen damals noch viel mehr ganz anders aus als wir in Solothurn, und die Leute in der Stadt hatten ihre Mühe damals mit diesen ganz anderen. Denn die Stadt hätte anderes anzubieten gehabt, schöne Fassaden, Denkmalpflege, eine bedeutende Fasnacht, eine schöne Umgebung, und die jungen Filmtage wurden so etwas wie eine Konkurrenz zur Fremdenwerbung der Stadt.

Das ist heute nicht mehr so. Aber damals wurden wir nicht gelobt für unsere Filmtage, und Stephan Portmann mit den langen ungewaschenen Haaren, wie die Leute sagten, war ihnen ein Ärgernis. Und wer mit den Filmtagen zu tun hatte, war kein richtiger Solothurner, und die ersten Politiker, die sich an die Filmtage wagten, verstanden sich als mutige Progressive. Unterstützt wurden die Filmtage finanziell von der Politik schon ein bißchen. Gerade verhindert wird hier nichts.

Inzwischen sind sie 25 Jahre alt, diese Filmtage. Sie gehören zum Jahresablauf der Stadt wie Weihnachten und Fasnacht. Sie existieren im Budget der Restaurants und in den Reden der Politiker. Das ist recht so, und das wollten wir damals auch, daß die Stadt die Leistung der Filmtage anerkennt – das wollten wir wirklich. Nur – hinterher sei es zugegeben – die jungen Solothurner Filmtage waren von uns als Ärgernis für diese Stadt gedacht. Und wir waren auch glücklich darüber, daß wir für unsere Überzeugung beschimpft wurden. Und wir wollten wirklich dieser Stadt ein bißchen Schwierigkeiten machen mit dem Hereinholen der ganz fremden Welt – Zürich zum Beispiel.

Inzwischen haben wir uns alle daran gewöhnt, wir und die anderen. Davon waren wir zwar überzeugt daß sich die Stadt daran gewöhnen wird, das wollten wir ja auch – aber ein bißchen schade ist es trotzdem.

Vom Fliegen und vom Davonlaufen

Am Nebentisch schimpfen sie über den Staat – wieder einmal oder immer wieder. Es fängt an mit den Spenden für Rumänien, wo wir doch selbst Arme hätten in unserem Land. Es ist eigenartig, wenn von Armen in unserem Land gesprochen wird, dann nie von Invaliden, von chronisch Kranken, von Drogensüchtigen, von Angehörigen von Alkoholikern, von Ausgeraubten und Betrogenen, von Ausgebeuteten und Unterbezahlten, von Alten und von jugendlichen Arbeitslosen – nein, es gibt für Armut im eigenen Land nur eine einzige Formel: die Bergbauern.

Niemand zweifelt daran, daß sie es schwer haben, und sie haben es schwer, wenn auch alle davon wissen. Sie sind zum dauernden nationalen Alibi geworden. Sie haben so etwas schön Schweizerisches. Sie sind viel schweizerischer als die Drogensüchtigen, als die Aidskranken, als die Alten. Sie werden auch – so nehme ich an – arm bleiben, denn wir Schweizer benötigen ihre Armut als Alibi. Ein reicher Bergbauer würde jedenfalls nicht in unser Konzept passen. Ein armer Bergbauer schützt uns davor, andere Armut erkennen zu müssen – ausländische Armut zum Beispiel oder eben auch weniger fotogene inländische Armut.

Ich habe durchaus Verständnis für die Probleme der Bergbauern, und ich möchte sie hier keineswegs lächerlich machen. Aber was ihnen wohl am meisten schadet, das ist, daß sie zu einer politischen Leerformel geworden sind.

Was mich von den Männern am Nebentisch unterscheidet, das ist, daß ich bereit wäre, die Situation der Bergbauern von heute auf morgen grundlegend zu verbessern – auch wenn es den Staat etwas kosten würde, auch wenn es ihn viel kosten würde. Ich habe einfach genug von diesem jahrzehntealten Alibithema.

Alibi heißt übrigens »Abwesenheitsbeweis« Alibi kommt aus dem Lateinischen und heißt »anderswo«. Und einer sagt nun am Nebentisch, er sei nie mehr zu einer Abstimmung gegangen nach der Abstimmung über die Sommerzeit, die abgelehnt und trotzdem eingeführt wurde. Auch das ist ein Alibi, ein Abwesenheitsbeweis. Ich selbst finde das mit der Sommerzeit zwar lächerlich, ich war für die Sommerzeit ohne jedes Engagement und ohne jede Dringlichkeit, aber ich verstehe seine Zweifel gegenüber der Demokratie. Daß der damalige Bundesrat erst hinterher herausgefunden hat, daß die Abstimmung unnötig gewesen wäre, weil der Bundesrat die Kompetenz über Maß, Gewicht und Zeit hat: das war eine immense Stümperei und staatsgefährdender Dilettantismus.

Aber die Sommerzeit ist eine Bagatelle. Und mit Bagatellen kann man dilettantisch umgehen.

Jetzt sprechen sie am Nebentisch auch von den teuren Flugzeugen. Eben haben sie noch vom möglichen Lottogewinn von 8 Millionen gesprochen, und schon reden sie über 3500 Millionen. Sie stellen fest, daß die Regierung Flugzeuge kaufen wird, daß sie schon gekauft seien. Sie sind auch selbstverständlich davon überzeugt daß sich Beamte und Gewählte am Kauf bereichern werden – in einem Land jedenfalls, wo der Bürger zu 3500 Millionen nichts zu sagen hat, weil das Land – wer ist das Land? – weiß, daß die Bürger so viel Geld nicht hirnen können. Das Parlament wird es schwer haben und es sich leicht machen.

Nein, die Bürger am Nebentisch sind nicht etwa nicht nur anderer Meinung als die Regierung. Sie wären auch anderer Meinung als die Opposition, sie wären auch anderer Meinung als die Grünen, sie sagen auch Dinge, die mir weh tun, sie sind auch gegen Asylanten, sie sind auch gegen Entwicklungshilfe. Aber plötzlich sagt einer, wenn wir alle nicht mehr in den WK, in den militärischen Wiederholungskurs einrücken, dann könnte niemand etwas machen – weißt du, alle, alle Schweizer.

»Wir sind doch die Armee«, sagt er, »wir Soldaten, die Offiziere sind doch gar keine Armee, und das Eidgenössische Militärdepartement, das ist auch keine Armee.«

Aber es ist ihnen allen klar, daß das nicht funktionieren wird, weil dann zum Schluß eben nur zwei, drei nicht gehen, und die werden dann drangenommen.

Dann sagt einer: »Aber ist das, was die in der DDR gemacht haben, nicht genau das? Die haben alle eines Tages, alle zusammen, nicht mehr mitgemacht.«

»Eben«, sagt der andere. »Die haben nicht mehr mitgemacht, weil sie es so haben wollen wie wir. Oder hättest du etwa in der DDR leben wollen – damals oder heute?«

Ich mußte mich sehr beherrschen, nicht ins Gespräch einzugreifen. Es hätte mich interessiert, aber ich fürchtete mich davor, Schiedsrichter spielen zu müssen in einer Sache, die kein Spiel ist.

Ich gebe zu, die Sache mit der Idee »Keiner rückt mehr ein, und die können gar nichts machen«, die gefällt mir schon ein bißchen. Aber ich fürchte mich davor. Denn wenn unser Volk mal davonläuft, dann läuft es sicher nicht in eine Richtung, die ich möchte. Immerhin, wenn es davonläuft, dann läuft auch unser Volk wegen unserer Politiker davon. Das müßten sich die Bundesräte Koller und Villiger mal überlegen. Aus dieser Verantwortung werden sie sich nicht wegstehlen können. Ob ein paar Flugzeuge mehr wert sind als unsere Demokratie?

Was kost' die Welt?

Hätte Vreni gesagt: »Ich weiß eine Geschichte, die mußt du aufschreiben«, ich hätte ihr vielleicht nicht einmal richtig zugehört. In der Regel sind die Geschichten, die man angeboten kriegt, keine, und immer wieder treffe ich Leute, die davon überzeugt sind, daß ihr Leben Bücher füllen würde. Vreni aber erzählte Geschichten, den ganzen Abend, und gegen Morgen sagte sie: »Jetzt noch eine letzte Geschichte«, und als sie die Geschichte erzählt hatte, sagte sie: »Ich möchte wissen, ob man eine solche Geschichte aufschreiben kann, versuch das doch mal.«

Vreni Wäger – sie hat ein Recht darauf, daß ich den Namen nenne, denn es ist ihre Geschichte und nicht meine, und ich habe es ihr so versprochen – ist Barmaid in St. Gallen. Das hat sie mir eingebleut, daß ich »Barmaid« zu schreiben hätte, und sie hat ein großes erzählerisches Talent und auch die Kraft, stundenlang zu erzählen.

Eine Bar ist sonst nicht der Ort, wo erzählt wird. Da wird eher ein wenig geblufft und Weltmann gespielt, da stehen die selbstdarstellenden Cowboys und die Möchtegerns, und Gewöhnliches erzählen gilt hier nicht viel. »Was kost' die Welt« ist die Parole, aber Vreni setzt sich durch, und man hört ihr zu.

Ihre Geschichte ist die Geschichte von einem Mann, der nie zum Connaisseur geworden ist und sein Leben wohl still und in Bescheidenheit gelebt hat, in Anständigkeit auch und in Umständlichkeit. Vreni und ich konnten uns jedenfalls nicht entscheiden, ob das nun eine lustige oder eine traurige Geschichte ist. In der Bar, um dort Zuhörer zu finden, muß sie lustig sein. Das wollte dann Vreni auch von mir wissen, ob ich fähig sei, daraus eine lustige Geschichte zu machen. Ich weiß, ich bin es nicht. Ich schreibe die Geschichte nur auf, weil ich es ihr versprochen habe.

Vreni also fährt Tag für Tag dieselbe Strecke mit dem Bus. An der Haltestelle, wo sie einsteigt, steht oft ein alter Mann, den sie jedesmal freundlich begrüßt, vielleicht eine Bemerkung übers Wetter macht und vielleicht ab und zu auch ein Späßchen. Sonst kennt sie ihn überhaupt nicht.

Eines Tages nun, bei besonders guter Laune, begrüßt sie ihn fast überschwenglich und mit viel Hallo, und der überrumpelte Mann, der sich nun verpflichtet sah, auch etwas zu sagen, sagte: »Fröllein, ich lade sie zu einer Busfahrt ein«, und er nahm seine Busstempelkarte und stempelte sie zweimal.

Nun saßen sie also nebeneinander im Bus und fuhren Richtung Zentrum, und der Mann fragte: »Wo müssen Sie denn aussteigen?« Es stellte sich zu seinem großen Schrekken heraus, daß Vreni zwei Stationen nach ihm aussteigen mußte.

»Aber Sie sind auf meiner Stempelkarte«, sagte der Mann, »und ich muß vor Ihnen aussteigen.«

Der Mann steht auf, geht im Bus nach vorn zu einer Frau und fragt sie, ob sie wohl bei einer möglichen Kontrolle bezeugen könnte, daß das Fröllein dort hinten auf seiner Karte gewesen sei. Aber die Frau muß auch früher aussteigen, und andere Fahrgäste wollen nicht belästigt werden, und dem Vreni wird die Umständlichkeit des Alten fast peinlich. Sie beginnt sich ein bißchen zu schämen, und der Mann sucht weiter nach umständlichen Lösungen für diesen schrecklichen Umstand.

Vreni versucht ihn zu beschwichtigen: Das mache überhaupt nichts, sie kaufe sich einfach eine Karte, und die Sache sei in Ordnung. Vielleicht hätte sie auch keine Karte gekauft, und die Sache wäre trotzdem in Ordnung gewesen.

Aber der Mann sagte: »Ich habe Sie doch eingeladen zu einer Busfahrt, und jetzt bringe ich Sie in Schwierigkeiten.« Auch der Hinweis, daß eine Fahrkarte nur 90 Rappen koste, war ihm kein Trost.

Dann erreichte der Bus die Station, wo er aussteigen mußte. Er stand auf, drehte sich zu Vreni um, lächelte und sagte: »Es ist ganz einfach, Fröllein, behalten Sie doch die ganze Karte.« Und er ging. Auf der Karte waren noch acht ungestempelte Felder. Was kost' die Welt?

In der Bar war es schon morgens um halb vier, und Vreni komplimentierte uns endgültig hinaus – laut und rabiat, als wollte sie die sentimentale Geschichte wegwischen und mit etwas Lärm eine lustige daraus machen. Denn Vreni, das wissen ihre Stammgäste, ist eine lustige Frau. Und weil das die Stammgäste wissen, deshalb hat sie auch lustig zu sein.

Ob es eine lustige Geschichte ist? Sicher eine sentimentale, und es braucht Sentimentalität, sie als Geschichte zu erkennen. Und es braucht Kraft, sie den Connaisseurs in der Bar zu erzählen.

Erzählen ist ein gutes Mittel, wenn man etwas nicht erträgt, vielleicht die Connaisseurs nicht erträgt, aber halt mit ihnen lebt.

Siehst du, Vreni, ich glaube, ich habe die Geschichte zu umständlich erzählt. Du mußt sie mir später noch einmal erzählen.

Wie ist die Stimmung in der Schweiz?

Ein amerikanischer Freund fragt mich in einem Brief, wie denn die Stimmung sei in der Schweiz wegen der Sache mit der DDR und Deutschland. Er selbst macht in seinem Brief auch lange Überlegungen zu diesem Thema. Er hat seine Hoffnungen und seine Befürchtungen und spricht von langen Diskussionen mit Freunden, Nachbarn und Arbeitskollegen.

Was soll ich ihm nun antworten?

Ich kann ihm, recht unsicher und kompliziert, meine eigenen Meinungen, Hoffnungen und Befürchtungen mitteilen. Aber seine Frage »Wie ist die Stimmung in der Schweiz?« werde ich ihm nicht beantworten können.

Ich müßte ihm sagen: »Es gibt keine Stimmung in der Schweiz zu dieser Sache, es gibt kaum Meinungen dazu, es interessiert die Schweizer offensichtlich nicht.«

Meine Antwort ist nicht ganz korrekt. Ich habe Kommentare und Meinungen gelesen, auch gute und fundierte, in unseren Zeitungen; ich habe nichts oder fast nichts gehört in dieser Sache aus unserem Parlament, das immerhin tagte während dieses weltgeschichtlichen Umbruchs, aber ich habe als Bürger nicht den Eindruck bekommen, daß sich unsere Regierung damit befaßt. Aber lassen wir das mal weg. Ich möchte hier nicht von unserer Politik sprechen, sondern nur von dem, was mein amerikanischer Freund wissen möchte: »Wie ist die Stimmung in der Schweiz?«

Wenn mich jemand fragt hier in der Schweiz: »Was halten Sie eigentlich von dieser Sache mit Deutschland?« – dann versuche ich zu antworten, kompliziert und zögernd, und dann stelle ich fest, daß meine Antwort nicht interessiert. Ich hasse die Frage inzwischen, weil sie gar keine ist. Es ist nur eine Verlegenheitsfrage, weil mein Gegenüber weiß, daß ich oft in Deutschland bin. Er möchte von mir nur wissen, ob ich für oder gegen die Wiedervereinigung bin. Er selbst ist gegen alles: erstens gegen die DDR, zweitens gegen Deutschland, drittens gegen ein vereinigtes Deutschland und viertens – denn das hatte er bis jetzt nie wahrgenommen – auch gegen zwei Deutschland. Er ist ganz einfach für die Schweiz und sonst für gar nichts anderes.

Ich habe in der Schule gelernt, daß unsere Neutralität keine Gesinnungsneutralität sei. Das ist inzwischen eine Lüge. Wir haben – und ich meine nicht einfach die Regierung, ich meine wirklich »wir« – keine Meinung mehr zur

Welt. Unsere Neutralität ist zum Alibi geworden, zum Abwesenheitsbeweis. Bedrohung heißt in unserem Land inzwischen nichts anderes als sich mit der Welt beschäftigen zu müssen. Das wollen wir nicht, weil wir die Schweiz sind und nicht die Welt und schon gar nicht Europa. Die Schweiz ist inzwischen das einzige Land – Rußland inbegriffen –, das den Begriff »Europa« lediglich für einen geographischen Begriff hält und keineswegs für einen politischen.

Sollen wir das nun unserer Regierung zum Vorwurf machen? Sie glaubt ja, unschuldig daran zu sein, daß sich niemand im Land dafür interessiert. Ob sie es wirklich ist, das ist eine andere Frage, und Sondersitzungen des Parlaments über das Waldsterben sind einfacher.

Immerhin, unsere Wirtschaft wird sich mit den neuen Verhältnissen in Europa beschäftigen müssen, und sie tut das auch. Das heißt, daß sie im Augenblick unsere ganze Politik macht und sie in Zukunft auch machen wird. Das Desinteresse der Schweizer an der Weltpolitik führt letztlich zu einer Entdemokratisierung der Schweiz. Vielleicht will das gar niemand – vielleicht nicht mal die Wirtschaft –, aber es geschieht einfach. Die Abwesenden sind im Unrecht, sagt man, und Neutralität ist unser dauerndes Alibi, unser Abwesenheitsbeweis.

Weil es zu erwarten war

Eine kaum beachtete Meldung: Das DDR-Fernsehen wird jetzt auch Werbung senden, und zwar – im Unterschied zur ARD – auch am Sonntag.

Das erschreckt mich nur, weil es zu erwarten war. Alles, was jetzt noch geschieht in der DDR, wird zu erwarten gewesen sein. Wir kennen ja unseren kapitalistischen Westen oder, wie das in Amerika fast offiziell heißt: den demokratischen Kapitalismus, und wir wissen alle zum voraus, wie sich die ehemalige DDR (inzwischen wieder Ostdeutschland) entwickeln wird. Sie wird alles haben, was wir haben, und auch alles nicht haben, was wir nicht haben. Darauf haben die Bürger der ehemaligen DDR auch ein Recht: ein Recht auf freies Reisen, ein Recht auf einen freien Markt, auf Pluralismus – ein Recht auf das, was bei uns Freiheit heißt und wohl auch ein Stück von Freiheit ist.

Nur eben, der Eintritt wird teuer sein, weil sich die Bürger an uns zu verkaufen haben: die DDR-Fernsehspots sollen in der BRD produziert und von einer französischen Firma vermarktet werden. Irgend jemand in der DDR hat also diese Möglichkeit an den Westen verkauft, daran wohl verdient und damit auch mögliche Arbeitsplätze in Ostdeutschland an den Westen verschenkt. Die DDR wird so zu nichts anderem als zu einem neuen Markt für den demokratischen und kapitalistischen Westen. Das einzige, was sie einbringen durften aus ihrer sozialistischen Tradition, das ist, daß sie auch am Sonntag Reklame zeigen werden. (Ganz nebenbei: ich sehe nicht ein, weshalb der Westen nicht schon lange am Sonntag Reklame zeigt – denn besonders christlich sind wir ja auch nicht.)

Aber ich meine etwas anderes. Es ist eigenartig, daß mich solche Meldungen erschrecken. Ich weiß doch, wie wir hier leben, und jene in Ostdeutschland möchten jetzt auch so leben wie wir. Aber ich weiß offensichtlich noch nicht, was unsere Art von Leben für Konsequenzen hat. Die West-Werdung der DDR hält mir einen Spiegel vor. Ich werde auch die Meldung erwarten müssen, daß die staatliche Krankenversorgung, die staatliche Altersversorgung, das Recht auf Arbeit, das Recht auf Wohnung abgeschafft werden.

Sie werden so sein wie wir – und sie werden zur Entwicklung der Welt kein bißchen beigetragen haben. Das Versagen der DDR wird ein totales Versagen sein: vierzig Jahre für gar nichts. Das dürfte eigentlich nicht wahr sein. Vierzig Jahre lang haben in der DDR Menschen gelebt: Sozialisten, die daran glaubten, Liberale, die daran litten, Christen, die tapfer waren – und all das soll jetzt für gar nichts gewesen sein. Das einzige, was sie jetzt dürfen, das ist: als Konsumenten in unser System eintreten. Die Spots werden in der BRD produziert, das Geschäft macht eine französische Firma. Die Bürger der DDR werden dort anfangen müssen, wo auch die westlichen Arbeiter vor Jahrzehnten angefangen haben. Das Geschäft werden einzelne machen – auch einzelne DDR-Bürger.

Das ist so. Und ich meine es nicht zynisch, wenn ich sage, das ist wohl richtig so.

Aber traurig ist es trotzdem.

Selbstverwirklichung

Ich weiß nicht mehr, wie sie eigentlich darauf gekommen ist, aber anfangs sprach man in der Runde von Lottogewinnen, vom Reichwerden und vom Reichsein: eine Männerrunde mit immer denselben Themen, und plötzlich sagt die einzige Frau am Tisch, was sie möchte, das wäre eine Hochzeit in Weiß.

Das hätte man von ihr nicht erwartet, denn sie ist eine junge Frau, die keinen Wert auf Kleidung legt, die eher etwas verschlampt wirkt, und sie verhält sich stets so unkonventionell wie möglich. So nehmen denn die umsitzenden Männer ihre Äußerung als Ironie und versuchen, in den Spott einzustimmen.

Aber diesmal meint sie es ernst. Sie beginnt zu schwärmen von ihrem Brautkleid und beschreibt, wie es aussehen müßte. Auf die Frage, ob sie denn bald heiraten wolle, sagt sie entsetzt »Nein«. Es geht ihr wirklich nur um den Traum vom weißen Brautkleid.

Ich habe die Männer ringsum noch nie so hilflos gesehen. Sie können nicht verstehen, daß dies ein Wunsch fürs Leben ist, für einen Tag weiße Seide zu tragen. Aber nichts zu machen, sie beharrt darauf. Irgendwie bewunderte ich sie dafür.

Ein anderer, bei einer anderen Gelegenheit, wollte offensichtlich von mir bewundert werden. Er ließ mich vom Wirt an seinen Tisch bitten, gab seiner Freude Ausdruck, daß er mit mir ein Glas Wein trinken dürfe, und stellte sich vor, streckte seine Hand über den Tisch und sagte: »Hauptmann Rölli!« Ich muß den Eindruck gemacht haben, ihn nicht verstanden zu haben. Er wiederholte: »Hauptmann Rölli!«

Gekleidet war er wie ein schäbiger Handelsreisender, und reden konnte er wie ein schmieriger Marktschreier. Er war überzeugt davon, daß er mich schwer beeindrucke.

Ja, er habe noch Willi Ritschard gekannt, und er habe sogar mal mit ihm am selben Tisch sitzen dürfen. »Der hat wirklich mit mir gesprochen, und damals war ich erst Oberleutnant«, sagte er, und er brachte es auch fertig, den Titel »Hauptmann Rölli« in jeden zweiten Satz einzuflechten.

Als ich ihn fragte, was er denn von Beruf sei, sagte er: »Geschäftsführer bei einem Großverteiler.« Er nannte die Firma, aber ich möchte sie von der Dummheit dieses Menschen verschonen. Dann sagte er noch: »Nächstens werde ich Major und übernehme ein Regiment.« Seine militärische Firma kann ich vor seiner Dummheit nicht verschonen. Es gibt nur eine solche Firma in der Schweiz, und es ist anzunehmen, daß er ihr schaden wird.

Es ist auch anzunehmen, daß er ein fürchterlich unglücklicher Mensch ist und gar nichts vom Leben hat als seine Dummheit und seine militärischen Titel, die er mit Adelsprädikaten verwechselt. Arme Soldaten!

Seinen Namen habe ich selbstverständlich geändert. Vielleicht ist das gar nicht in seinem Sinn.

Und dann fiel mir ein anderer ein, der hatte auch nicht viel von seinem erfolgreichen Leben. Er war ein sehr freundlicher Mensch, zurückhaltend und bescheiden, ein großer Zauderer, etwas linkisch, und er hat in seinem ganzen Leben wohl nie etwas Unrechtes oder gar Verbotenes getan. Und seine Bescheidenheit ließ ihn das Leben kaum genießen. Sein Lächeln war nicht Freude, sondern nur Höflichkeit.

Ob er seinen Erfolg genießen konnte? Ich weiß es nicht, aber er war in die höchsten öffentlichen Ämter aufgestiegen und war ein in der Gegend durchaus bekannter Mann.

Im Alter wurde er nach und nach senil und bewegte sich nun unter den Leuten, die ihn verehrten und wählten, und er kannte die Leute nicht mehr, und er versuchte immer noch, sie freundlich zu grüßen.

Einmal habe ich ihn gesehen, wie er mit einer Einkaufstasche in der Hand mitten auf einer verkehrsreichen Straße ging, die Autos hupten, die Fahrer tippten an die Stirn, sie schrien ihn an, es gab einen kleinen Stau, und er ging durch den Stau. Ich sah sein Gesicht, und es strahlte. Ich habe selten so ein glückliches Gesicht gesehen, ich werde dieses Gesicht nie mehr vergessen.

Die böse Krankheit, die sich sicher niemand wünscht, hatte ihn für einmal und endlich von allen Zwängen und Konventionen befreit. Hie und da braucht es das Scheitern, um sich selbst leben zu können, und die Krankheit hat offensichtlich nicht nur die Funktion, tödlich zu sein.

Ich erinnere mich auch daran, wie schön es war, als Kind ein wenig krank zu sein, Fieber zu haben und nicht zur Schule zu müssen. Dann gab es Kartoffelstock, und man durfte im Bett essen und durfte die Mutter rufen, und sie kam.

Kranksein war damals immer ein Stück Freiheit. Kranksein war Sich-selbst-Sein. Inzwischen ist auch für mich Krankheit nur noch Belästigung und eine Bedrohung des Terminkalenders. Und auch mir gelingt es nicht mehr, das Scheitern zu genießen und ganz mit mir selbst zu sein.

Johann Wolfgang Goethe, DDR-Schriftsteller aus Weimar

Goethe hat im Alter von 27 Jahren seine Geburtsstadt Frankfurt für immer verlassen und hat sich in der Deutschen Demokratischen Republik, nämlich in Weimar, niedergelassen: selbstverständlich ist das Geschichtsfälschung. Immerhin, Weimar liegt in der DDR, und Goethe ist – oder war – ein DDR-Autor. Davon konnte er so wenig etwas wissen wie der Mann auf unseren Hunderternoten, Francesco Borromini, je etwas wissen konnte davon, daß er später ein Schweizer sein würde.

In meinem Lexikon steht, daß der italienische Architekt aus der Lombardei stamme und in der Nähe von Mailand geboren sei. Sein Geburtsort liegt inzwischen in der Schweiz, nämlich in Bissone. Und inzwischen sind wir Schweizer auf ihn so stolz, daß wir ihn abbilden auf unseren Hunderternoten.

Ist Goethe ein DDR-Autor, ist Borromini ein Schweizer-Architekt?

Günter Gaus, der erste Leiter der ständigen Vertretung der BRD in der DDR, erzählte eine Geschichte, die mir für immer unter die Haut gegangen ist. Goethes Lieblingsbaum war der Ginkgo Biloba, ein Baum aus dem fernen Osten, den er in Weimar pflanzte, eigentlich ein Nadelbaum, dessen »Nadeln« aber wie Blätter aussehen, und diese Blätter sind zweigeteilt und zusammengewachsen zugleich wie siamesische Zwillinge. Goethe hat ein Gedicht über den Ginkgo geschrieben mit der letzten Zeile: »Daß ich eins und doppelt bin«.

Günter Gaus nun erzählte, daß er 1974 Weimar besucht, daß ihn dort ein DDR-Bürger als BRD-Vertreter erkannt, ein Ginkgoblatt vom Baum gepflückt und zu ihm gesagt habe: »Daß ich eins und doppelt bin?«

Es ist nicht anzunehmen, daß der »DDR-Autor Goethe« damals an zwei Deutschland gedacht hat, aber der Vorschlag des DDR-Bürgers von 1974, »eins und doppelt sein«, der hat inzwischen keine Chance mehr.

Wilhelm von Humboldt hat den alten Goethe mal auf die deutschen Befreiungskriege angesprochen, und der konservative Goethe sagte versöhnlich, die Weltgeschichte habe auch diesen Spaß haben müssen. Das erinnert mich an Fernsehen, daß die Weltgeschichte ein Unterhaltungsspaß zu sein hat, und wir sind auch gern bereit, politische Fehlentwicklungen dem Fernsehen in die Schuhe zu schieben – aber 1813, als Goethe das sagte, da gab es noch kein Fernsehen. In den Gesprächen mit Eckermann beklagt sich Goethe dauernd darüber, daß man ihn für einen Konservativen halte, für einen Fürstenknecht, wie er selbst sagt, und dies nur, weil er sich fürchtete vor Nationen und Nationalismus: »Die Nationen sind sich wohl einig über- und untereinander, aber uneins in ihren eigenen Körpern«, hat er einmal gesagt. Ein eigenartiger Satz, und Goethe fügt auch an: »Andere mögen das anders ausdrücken; ich habe mir den Spaß gemacht, es so zu geben.«

Er meint also, übersetzt für heute, die USA und die UdSSR haben keine Schwierigkeiten miteinander, die BRD und die DDR auch nicht, und die Schweiz und Südafrika auch nicht. Solange es eine UdSSR gibt, wird es eine amerikanische Aufrüstung geben, und solange es eine USA gibt, wird es eine russische Aufrüstung geben, und solange es beide gibt, wird es freundschaftliche Abrüstungsverhandlungen geben. Schwierig sind nur amerikanische Bürger, die das anders sehen möchten, und russische Bürger, die das anders haben möchten.

Der Zusammenbruch der Mauer ist ein erfreuliches Ereignis, daran gibt es nichts zu rütteln. Nur ist es eben nicht der Zusammenbruch einer Grenze. Sie wird jetzt rundherum gezogen und vielleicht auch etwas stärker. Daß der Zusammenschluß Deutschlands nur im gesamteuropäischen Konzept stattfinden kann, das ist ein schönes Wort und schnell gesagt. Letztlich geht es doch um Nation und »Einig Vaterland«, das alte 19. Jahrhundert.

Ich gehöre nicht zu jenen, die im Gesamtdeutschland eine neue Kriegsgefahr sehen, ich halte solches Denken für reaktionär. Aber Grenzen niedergerissen werden mit diesem Zusammenschluß keine. Und vielleicht ist das ein letzter »Hoffnungsschimmer« für eine europa-unwillige Schweiz, die ihre Grenzen so sehr mag und sich ohne Grenzen nicht vorstellen kann und nicht vorstellen will.

Darüber sind sich offensichtlich die Nationen immer noch »einig über- und untereinander«. Ein Staat ohne Grenzen – zum Beispiel ein Europa ohne Grenzen – hätte sich wohl doch mehr um seine Bürger zu kümmern und ihnen nicht nur dauernd zu sagen: »Ihr seid in unseren Grenzen, und in unseren Grenzen seid ihr sicher.«

Der Schweizer Architekt Borromini hat jedenfalls so wenig in unseren Grenzen gelebt wie Goethe in den Grenzen der DDR. Das finde ich fast tröstlich – wie auch den Satz zum heutigen Zeitgeschehen von Goethe. Er erklärte seinem polnischen Übersetzer: »Der Freihandel der Begriffe und Gefühle steigert ebenso wie der Verkehr mit Produkten und Bodenerzeugnissen den Reichtum und das allgemeine Wohlsein der Menschheit.«

Inhalt

Seite 7-40 erschien zuerst in »Die Weltwoche« (1986-1987)
40-44, 132-136 in »Gewerkschaftspresse« (1987, 1990)
44-60, 64-132, 136-141 in »Schweizer Illustrierte« (1987-1990)
Unveröffentlicht: Seite 60-64 (1988).